屋久悠樹
Yuki Yaku Presents
Fly
Illustration
友崎
同學
Lv.5
"TOMOZAKI-kun"; Leve
日本小學館正式授權繁體中文版

友崎同學弱角

屋久悠樹

Yuki Yaku Presents

Fly

Illustration Fly

The Low Tier Character "TOMOZAKI-kun"; Level.5

Lv.5

角色介紹

友崎文也

高中二年級。弱角。

日南葵

高中二年級。學校的完美女主角。

七海深奈實

高中二年級。開心果。

夏林花火

高中二年級。小個子。

泉優鈴

高中二年級。很吃得開的女孩子。

菊池風香

高中二年級。喜歡看書。

水澤孝弘

高中二年級。志願當美容師。

中村修二

高中二年級。在班上是頭目的地位。

竹井

高中二年級。體格很好。

成田鶇

高中一年級。很多方面都很自由自在。

紺野繪里香

高中二年級。班上的女王。

The Low Tier Character "TOMOZAKI-kun": Level.5

CONTENTS

水澤孝弘

Design Yuko Mucadeya + Caiko Monma (musicagographics)

The Low Tier Character
"TOMOZAKI-kun"; Level.5

NEW GAME

▶CONTINUE

前情提要

第二學期。

友崎即將面臨球技大賽，為了日南出的題目

「想辦法讓女生集團的女王紺野繪里香

對球技大賽拿出幹勁」而奮鬥。

友崎憑藉自己準備的作戰計畫，

加上中村這號人物推波助瀾，

順利讓紺野拿出幹勁。

不過。

看到中村和泉以球技大賽為契機開始交往，

紺野開始在班上進行假性霸凌。

最後那把刀

終究指向心性直率的女孩——夏林花火。

夏林下定決心。

為了不讓重要的朋友受到傷害，

想要突破眼下的困境。

她跟友崎說希望對方能夠教自己作戰技巧，

想知道如何才能改變自我——

1 個人數值高但赤手空拳冒險起來也會非常辛苦

放學後，在夕陽西下的教室內，共有兩道人影在交談。

其中一道人影是我，至於另一個小小的影子，是向我諮詢「戰鬥技巧」的小玉玉。

「友崎你覺得該怎麼做比較好？」

「這個嘛……首先要——」

這幾個禮拜以來，小玉玉變成紺野欺負的對象，到現在甚至受全班輕微迫害。就像車子連環追撞一樣，被越演越烈的事態攪和進去。

因此今天在這個地方，我要變成小玉玉的戰友。

「嗯。」

小玉玉用認真的表情等我把話說完。

雖然相信自己做的是對的，但為了不讓深實實感到悲傷，小玉玉下定決心「改變自我」。那麼為了盡全力協助她，我希望能夠竭盡所有的力量。

「小玉玉需要的應該是化解攻擊的技術……我個人是這麼想的。」

「化解……」

像在摸索我這個提案的輪廓，她語氣認真地說著。感覺校舍這邊幾乎已經沒有人了，教室裡就只有兩個人的聲音。

「嗯。因為妳都跟人硬碰硬，所以流彈就波及到四周的人……」

小玉玉一直看著我的眼睛，聽我說話。

「這樣一來……實際上最先開始欺負人的是紺野，錯的人當然不是小玉玉，就算是這樣，小玉玉妳也因此受到連累，結果就被大家——這個嘛，該怎麼說……」

當我猶豫著不知該怎麼接話，小玉玉立刻插嘴，像在替我把話說完。

「大家就會對我避之唯恐不及？」

「差、差不多。」

讓人難以啟齒的話，她一語中的。還是老樣子一針見血，這點讓人吃驚，同時我不禁苦笑。除此之外處在這種情況下，其實也讓人覺得有點愉快。看她如此堅定、絕對不會妥協，總覺得讓人有點安心，心想不管碰到什麼事，小玉玉永遠都是小玉玉。

因此，為了回應這樣的她，我先是抿了下嘴唇，接著再次正面回應。

「——嗯，可以說是那樣。雖然小玉玉的所作所為沒錯，但是妳做的事情卻讓大家退避三舍，給大家留下不好的印象。若是妳想要解決現在的情況，必須做得更圓滑才行。」

接著我和一直面向這邊的小玉玉對上眼，目不轉睛地回望她。

只見小玉玉大大地點了點頭。

「嗯，說得對。」

她說完後有點懊惱地咬著嘴脣。但下一刻就像要甩開這些想法，她的目光頓時銳利起來，接著用充滿鬥志的聲音說著。

「我也那麼認為。」

她的表情很堅強，彷彿已經想通什麼似的。小玉玉之所以會站在這裡，果然是已經做好覺悟了。

因此我想要在充滿鬥志的她背後推一把，對著小玉玉綻放笑容。

「妳是想要知道『戰鬥技巧』對吧？」

當我話一說完，小玉玉眼睛就睜得像橡子一樣圓，看著我的臉，最後溫和地輕笑。

＊　＊　＊

身為玩家要開正確的作戰會議，無論何時都是從掌握現況開始。

我跟小玉玉隨興坐在靠近窗戶旁邊的桌子上，並排在一起開會。

「把目前的狀況整理一下——首先就是紺野持續找小玉玉麻煩。這些都不是大規模攻擊，像是踢到桌子、聽到她在講閒言閒語，全部都是能用偶然解釋過去的等級。總之，對方欺負妳並沒有留下明顯證據。例如……亂留一些字之類的。」

當我確認完，小玉玉點點頭。

「嗯，就是這種感覺。雖然自動鉛筆的筆芯被弄斷，但她說那是我自己弄掉才折斷的。並沒有留下證據。」

我說了一句「是那樣沒錯」，跟著點點頭。

「但不管怎麼看都是紺野做的，所以每次小玉玉都抗議她的找碴行為。」

「嗯。」

「雖然如此，紺野一直裝傻，問題遲遲沒有解決。她說一切都是偶然，否認有『欺負妳』。呃——之後……」

我又有一瞬間不曉得該怎麼說下去。

「班上同學看到我們起爭執，漸漸開始對我感到厭煩。」

「……算是吧。」

小玉玉再一次親口斷言，說出讓人難以啟齒的話，我一面回應她、一面思考。

「所以才要想辦法改善這種情況吧。」

「嗯。因為深實實很傷心。」

從教室的窗戶可以看見操場，小玉玉邊看著那裡邊小聲說道。我也跟著看向那邊，結果看到田徑社的人正在練習。

幾十位學生正在練習，深實實格外引人注目。那股吸引力或許是出自她與生俱來的活潑氣質，但我認為更重要的是就算隔著這段距離，也能感受到她正盡全力努力。看著看著發現深實實朝跑完操場的日南揮手，正拿著寶特瓶喝某種飲料，開始跟對方有說有笑。

接著我發現一件事情。不知道為什麼，今天日南的存在感很稀薄。

「那首先該從哪裡開始改變？」

這句話讓我回過神。我重拾心緒把目光拉回，與小玉玉四目相對。她目光炯炯有神，但相反地，那雙眼眸深處隱約缺少一些自信。至今為止她不曾「改變自我」，是因為這樣才感到不安嗎？

「先從哪裡開始改變……啊。」

我開始去想該配合現況採取什麼行動，在腦子裡頭歸納起來。但是卻很難一口氣理出頭緒。

即便如此，我還是依序思考目前已經清楚的要素，逐漸將那些轉變成言語。

「最重要的……我想應該還是跟人說話的各種態度表現，大概是這類的。」

「聽起來好沒把握！」

說那些話是在模糊焦點，卻被對方第一時間看穿，一針見血指出。喔喔，小玉玉果然毫無破綻。

「總、總之我也還沒有徹底改變自我，還在努力中……」

當我支支吾吾開始找藉口，小玉玉偷偷笑了出來，嘴裡說著「或許是吧」。

「不過，我覺得這樣才有參考價值。」

「……妳說過我們很像對吧。」

小玉玉聽完「嗯」了一聲並點點頭。

「我不擅長跟大家打成一片……與其去請教原本就很擅長的人，還不如去請教從不會到會的人，我想他可能比較會感同身受。」

有種在自我反省的感覺，小玉玉喃喃自語。臉上表情有點落寞。

因此為了勉勵她，我故意擺出搞笑的表情。

「好。我原本也不擅長這個，這我可是很有自信的。包在我身上。」

「啊哈哈。什麼鬼。」

小玉玉臉上總算有點笑意。很好。情況原本就不樂觀，所以我想至少讓眼下這段時光的氣氛輕鬆一點。這應該是刻意訓練出來的技能，只是沒想到，想讓某人發笑的時候，自己還有這種選項可選，這是很重要的資產。

「來吧。就當作是上了一艘用泥巴做成的船。」

「喂！那樣會沉下去吧！」

看到小玉玉認真吐槽，我放心地笑了出來。

但事實上，我能夠理解在這方面不擅長的人有何感受。就這點而言，我認為自己是再也沒人可以超越的人才。在不擅長的世界裡，這樣的人才十年才出一個。

不過這麼說來，我有點好奇日南究竟是什麼類型。人分成原本就很有才，或是沒什麼才華的人。印象中剛開始碰到她的時候，她好像說過自己原本在這方面也很笨拙，但我沒有詳細追問。

想到一半，正在偷笑的小玉玉突然指著我說「不過，剛才那個！」。

「咦，那個是哪個？」

「說對於自己的不擅長很有自信，你原本不會說這樣的笑話吧？」

「……對。」

我認同。雖然那是在自我解嘲，但要說我這個角色，的確不會在班上的女孩子面前面不改色說出這種話。基本上我若是想設法讓對方笑，根本就沒選項可選，就算有出現選項好了，大概也只是「肥宅我對於耍笨很有豬信唷」，所以我認為自己進步很大。

「為了變成那樣，友崎你做過什麼？」

「這個嘛──其實我……」

我邊說邊回想之前自己做過的事情。去回想那些感覺確實是最有效率的做法。雖說對方馬上替我找台階，幫忙導出教她的方法，讓人很難為情。

我想想──一開始我在班上都沒有朋友，後來以借衛生紙為名目去跟泉講話。之後衍生出跟菊池同學說話。再來就是矯正姿態和表情，還有──

「啊。」

這個時候我想起一件事。話說「那個」不就最適合拿來套用在這次的情況上？

作戰會議總是要從掌握現況開始——這套用在小玉玉身上應該也合用。

所以說師父，要借您的技巧一用！

「……等我一下。」

我邊說邊摸索我放在腳邊的書包。一陣子之後，我轉頭看向小玉玉，什麼都沒拿出來。

「怎麼了？」

剛剛還在摸索書包，沒想到我什麼都沒拿出就把身體轉回來，小玉玉用詫異的語氣對我說著。

「啊——不，沒什麼。」

「這是哪招？」

她原本錯愕地看著我，但是當我說稍安勿躁把場面帶過，小玉玉就沒有繼續追問。若是不暫時保密就沒意思了，因此我特地咳了一聲，決定讓話題繼續。

「剛才有問我曾經做過什麼對吧。」

「嗯。」

「有特別練習的就是……表情和姿態，還有說話語氣的抑揚頓挫吧。」

「表情姿態和語氣高低？」

我點點頭說「沒錯」。

「我這個人的表情原本不是很生動，簡單來講就是死人臉，曾經有過這樣的一面。姿勢也不是很端正，講話又鬼鬼祟祟小小聲，給人家的感覺就是『這傢伙根本不是現充！』。」

「嗯，的確。」

「別那麼肯定答得理所當然好嗎……」

我運用鍛鍊出來的技能營造出悲傷語氣。結果小玉玉就呵呵地笑了出來。很好。身為弱角，光是要讓人笑出來就要邊講話邊設想一堆事情，雖然那樣很累，但是為了讓場面開朗起來，就算能做到的事情不多，還是想試試看。

小玉玉似乎覺得很有趣，她用手掌輕輕按住嘴巴，對我微笑。

「可是現在你的說話方式變開朗了，給人的感覺也變了。」

「喔、喔喔。有、有嗎……？」

被人出其不意誇獎，我說話的時候害羞到眼神飄來飄去。還用噁心的方式「咕呵」笑。在最後一刻大意。

「害羞的樣子看起來還是不像現充！」

「好過分！不過笑出來的那瞬間就有猜到妳可能會那麼說！」

我用最近鍛鍊出來的吐槽語氣回應。接著小玉玉又微微地笑了一下。

像這樣的吐槽，若是我稍微注意一下，現在也能做得很棒，仔細想想會發現這是「反駁」跟「帶有感情的語氣」結合才衍生出來的技巧。找出對方說的話有什麼奇怪之處，再用帶有感情的語氣反駁。換句話說一而再再而三反覆練習，兩種技能都會變得越來越穩定，如今那種複合技術也能夠實際運用了。果然穩紮穩打才是最重要的。

話說從剛才開始好像就有順利讓現場氣氛緩和，因此我想要趁勝追擊，又裝出更開朗的語氣。

「大概就是這個樣子，我現在已經能夠用有點開朗的感覺說話了！」

在說笑的時候，我的語氣有特別誇飾，結果惹得小玉玉發出一陣輕笑。要順勢猛攻。玩AttaFami也一樣，趁勝追擊往往都能打出好成績。

「是啊。但這種話可以自己說？」

「應、應該可以！對於自己努力改變的部分要有自信！看吧，就連小玉玉妳也覺得我改變很多！」

雖然我有點焦急，但還是理直氣壯將話說完，結果小玉玉就把我從頭到腳看一遍。接著她突然換回認真的表情。

「不過，還是讓人覺得你才練到一半。」

「嗚。」

總覺得她的眼神好直接，對我說那些話的語氣就像在發表最真的感言。那些話說進我心坎裡。抱歉我得意忘形了。我知道小玉玉說的都是真心話，說話語氣也沒有半分虛假，更覺得這些話相當有分量。

「總、總之今後會繼續努力、繼續努力。」

這句話就像在說給自己聽，只見小玉玉嘴裡說著「也好」，看起來很認真、認同地點點頭。她並沒有刻意替我打圓場，但也沒有反過來調侃我，感覺單純就只是接受罷了。這樣才像小玉玉。

「那、那個，接下來……我們要談之後小玉玉最好去做哪些事情對吧。」

「嗯。」

儘管有些意志消沉，我還是重新把話題拉回來。

「我想一開始該做的就是這個，為了明確知道自己想轉變成什麼樣子，要先掌握自己目前的現況。」

「自己的現況？」

這是什麼意思——小玉玉說完歪過頭。

「呵、呵、呵，那就是……」

「這種笑法也好噁心！」

枉費我想表現傲視天下的笑。除了被小玉玉一針見血地指正，我還再次摸索自己的書包。這次沒有空手而回，而是拿出一個呈現立方體的小型機械。

小玉玉的目光落到那個東西上。

「……這是什麼？」

「這個啊。」我說完就將那個東西拿到臉旁邊。「這是錄音筆。一種錄音機！」

「錄音機？」

我把那樣東西獻寶似地舉起，附帶鏘鏘音效，但是小玉玉一點都不配合，她錯愕地歪著頭轉過來看我。看看這個溫度落差。

話說我用手指抓著的，正是從日南那邊借過來的錄音筆。她給我這個道具做特訓，可以把自己說話的聲音錄起來，好確認自己是用什麼樣的語氣說話。最近我每天晚上睡覺前也會使用，來確認自己的感覺和實際語氣是否有落差，平常也會帶著走。

「這要用來做什麼？」

「呵、呵、呵。這個嘛——」

「就跟你說那樣笑很噁心！」

就算被小玉玉砍得七零八落，我還是按下那個錄音筆的「停止錄音」按鈕。確認聲音順利入進去之後，我將錄音筆放在桌上並按下播放的按鈕。

「總之妳先聽聽看。」

當我說完這句話，小玉玉的目光轉向那個小小的機器。

機器播出的聲音就是以下這些。

「有特別練習的就是……表情和姿態，還有說話語氣的抑揚頓挫吧。」

「表情姿態和語氣高低？」

「我這個人的表情原本不是很生動，簡單來講就是死人臉，曾經有過這樣的一面。姿勢也不是很端正，講話又鬼鬼祟祟小小聲，給人家的感覺就是『這傢伙根本不是現充！』。」

「嗯，的確。」

「別那麼肯定答得理所當然好嗎……」

小玉玉在聽的時候一直眨眼。

沒錯。一開始我摸索書包時已經偷偷讓這個錄音筆開始錄音。然後直接錄下最自然的對話聲。不知不覺間完全抄襲日南對我用過的手法。徒弟已經得到師父的真傳。

隨著聲音播送，最後小玉玉的目光追隨筆直指向我的手指一起對準我。

「這是竊聽！」

她臉上表情寫滿對我的非難。

「不、不是啦，雖然是那樣沒錯……總之妳先聽一下。」

當我用這句話安撫完小玉玉，她除了「唔——嗯」回應，還是勉強去聽那些聲音。

我們兩人暫時默默無語地聽那些聲音。緊接著小玉玉臉上開始露出驚訝的表情。嗯，第一次日南對我這麼做的時候，我也很驚訝。那不能怪她。

畢竟這次這台錄音筆還錄到來自小玉玉的這段聲音。

「害羞的樣子看起來還是不像現充！」

「不過，還是讓人覺得你才練到一半？」

「這種笑法也好噁心！」

「就跟你說那樣笑很噁心！」

過了一會兒後，聲音播放完畢。

我無言地看向小玉玉。

然後把桌子上的錄音筆收回來。

「怎麼樣？」

聽我這麼問，小玉玉用非常樸素的語氣說了這番話。

「我嘴巴很壞吧？」

就像在說別人的事情，感覺很客觀，聽到那過於率真的感想，我一不小心笑出來。不愧是小玉玉，這個女孩不會說謊。

不過，事情正如我所願。

「對吧!?其實我想表達的就是這個！」

「想表達我嘴巴壞？」

那語氣沒有厭惡的感覺，單純只是在問問題。

「唔——唔嗯這個嘛，簡單歸納起來就是那樣！」

我說話的語氣變得有點隨便。雖然我這個人也是想講什麼就講什麼，但是對於語氣會特別下功夫，所以這種太直來直往的對話讓我不由得有些心驚膽顫。但並沒有感到不自在。該說如果習慣了，像這樣說話對我來說會比較輕鬆。我們的本性果然很相似。

「那個——所以說。就算自認說話的態度是某種樣子，或覺得自己只是說出心裡所想，實際上客觀地聽完，有時會發現那跟自己的想像有落差。」

以前日南曾經對我做過同樣的事情，我回想起那個時候的事。

我也是那時第一次認真起來長時間聽自己的聲音，然後就像現在的小玉玉一樣，對於它跟自己想像之間的落差感到吃驚。

「若是能夠客觀掌握自己真正的說話方式，就會知道要怎麼改變不是嗎？」

所以我把日南教給我的現學現賣，傳達給小玉玉。嗯，果然有得到師父的真傳。

但是不久之前對我而言就連稍微改變語氣都很吃力，現在卻搖身一變成了別人的導師，人生果然充滿未知。

這時小玉玉一面思索，嘴裡一面發出「唔——嗯」的聲音。

「……這就是所謂的『掌握現況』？」

「沒錯！」

我用手指用力指著小玉玉，同時很有精神地回應。

身為玩家要正確展開作戰會議，無論何時都需從掌握現況開始。歸納眼下「現況」會發現，圍繞著小玉玉的客觀情況固然重要——但這次更重要的是「小玉玉自身的現況」。

畢竟這次要改變的不是周遭情況，而是小玉玉本身。

「妳想想看，我、日南和深實實知道小玉玉的個性就是那樣，所以覺得無所謂……但就像剛才聽到的那樣，妳講話的時候聽起來很酸，教室內自有它的規矩存在，我覺得妳那樣很不利。」

「唔——嗯。的確是……原來如此。」

小玉玉看起來似乎能夠明白，但她有點洩氣地低著頭。

在這個名為「教室」的場域裡，被制定出來的規矩其實都著重在「察言觀色」上，不然就是要在權力遊戲或鬥智戰爭中獲勝，成為「操控氣氛的一方」。換句話說等同二選一，看是要隨波逐流，或是引領潮流。若是沒辦法操縱氛圍，又要反抗它，那就意味著將會被名為氛圍的怪物吞食。

在這種情況下，不願意屈服又不擅長操控氛圍的小玉玉正面硬碰硬，結果就被那樣的氛圍害到——可以說小玉玉的現狀就是這樣，被教室裡的「規矩」吞噬。

當然，沒辦法勉強自己隨波逐流不完全是件壞事。豈止是那樣，小玉玉說什麼都不願意扭曲對自己來說最重要的本質，她的那份堅強看在我眼裡甚至覺得很美，反而該這麼說，大多數人沒有屬於自己的價值觀，只會一味地隨波逐流，我認為小玉玉比那些人「正確多了」。

然而這樣的正當性碰到教室裡的規矩就徹底翻轉，變成一件壞事。

到頭來所謂的正當性都會根據場合和當下的規矩起相對變化。

那我們現在就只能配合這些去戰鬥了。

既然已經決定要突破現狀，就得那麼做。

此時小玉玉雙唇發抖，嘴裡發出細小的呢喃。

「必須做出改變、對吧。」

那語氣聽起來混雜著決心與迷惘。臉上神情看上去就是參雜一些懊惱色彩。

「是啊。」

看著那樣的表情，我還是從正面堅定地凝望小玉玉，深深地、強而有力地點點頭。

我當然也覺得「正確的一方」被醜陋規矩吞噬令人感到懊惱。不對這樣的現況屈服，小玉玉貫徹自己的正當性自然是美好的，我確實也希望她那麼做。

不過，如今不同了。

像在確認是否已經決定要一起當共犯，我緩緩開口。

「——所以我們才要利用那種規矩，去達成最重要的目的，也就是『不讓深實實感到悲傷』。」

那讓小玉玉的嘴巴微微張開，帶著驚訝的表情抬頭看著我一會兒。

最後她開心地笑了一下，又用力指著我。

「沒錯！雖然有點不太可靠，但我們一起努力吧！」

「小玉玉，才過沒多久又說出真心話了。」

就這樣，我跟小玉玉準備展開行動，雖然有點前途未卜。

＊＊＊

「對對，就是這種感覺。」

我跟小玉玉已經確認過彼此的意思和決心，立刻在這個教室裡展開第一波特訓。

拿日南至今為止教我的東西當基礎，來檢定小玉玉營造說話語氣的方式、拿捏姿態和表情的手法，同時告訴她練習的方法。

而我們現在在做的，就是日南曾經給我出過的功課。

「抓到感覺了？」

被我這麼一問，小玉玉精神抖擻，像個小孩子似地猛點頭。

「嗯！」

語氣聽起來比平常還要開朗許多。

「不愧是小玉玉，學得真快。」

「耶——！」

不僅如此，小玉玉回話時還舉起手做出萬歲的姿勢。臉上也笑咪咪的，看起來非常燦爛。嗯，感覺很不錯。因為她身材矮小，就算做這種幼稚的行為也很搭。同時又覺得怪怪的。

「一個人也可以練習吧？」

「喔！」

緊接著小玉玉用力豎起大拇指，用可愛的表情回答。眉毛很挺，雙眼炯炯有神。好厲害。感覺小玉玉都不像小玉玉了。看起來超級呆萌。

於是我們目前在做的是這個，我第一次跟日南一起去菊池同學打工的咖啡廳時，她給我出了一道題目。那就是「只用母音說話」的特訓。

言語變化受到限制，聲音的語氣和表情、肢體語言會跟著變活潑，我學到那樣的特訓方法可以鍛鍊語言以外的表現能力。所以就嘗試讓小玉玉做做看。原本還在好奇結果會變成怎樣，後來發現感覺就像在跟小動物嬉戲一樣。

「……可以了。現在用普通的方式說話沒關係。」

「啊，嗯。」

當我說完，小玉玉說話語氣又變成平常那樣。訓練就到這邊暫時告一段落。

我用手指抵住下巴，稍微思考一會兒。

「我想想……」

接著我發現一件事情。

「……妳做得很好。」

對。要當現充，必須具備跟人交流的基本技能。那種基礎能力是一切的基底。

簡單講就是——說話語氣、表情、姿態。

在進行這種使用母音的特訓之前，我已經把某些部分都確認一遍，像是能否確實提起嘴角擺出一些表情，或是能否抬頭挺胸，擺出端正的姿態。經過剛才那場特訓，我已經明白小玉玉是否有辦法修飾說話語氣。

結果如下。

依我看，小玉玉把這三個要素全都——

「真的嗎？做得很好？」

「嗯，算是吧……應該這麼說。」

我一臉認真地看著小玉玉的雙眼。

然後直接將心中感想一五一十傳達。

「全都做得比我好。」

「咦咦!?」

聽完我不得了的告白，小玉玉發出好大的叫聲，整個人好驚訝。

「等等！不是說會教我很多東西嗎⁉」

「我的好徒兒啊，為師已經把所學都交給妳了。」

「什麼啊！根本什麼都還沒教啊！」

小玉玉用凜然的表情和爽快通透的音色訂正我。喔喔，表現能力果然很強大。

而且這已經超越訂正的領域，來到吐槽境界了吧——想到這邊，我又發現一件事。

「對了……剛才小玉玉做了類似用力吐槽我的行為對吧？」

「嗯？好像是。」

小玉玉換上錯愕的表情，等我繼續把話接下去。

「想要跟大家打成一片，也就是想要變成像現充那樣，這時就需要重要的技能，例如『捉弄人或是反駁他人』，還有『用感情豐富的語氣說話』。所謂的吐槽說穿了就是一種複合技巧，是上面這兩種加在一起。」

「嗯？原來是這樣？」

小玉玉回話的語調彷彿似懂非懂。

「然後，就我剛才聽到的，我認為小玉玉在這方面表現得很好……」

「是嗎？」

「嗯。」

我說完先是換個氣，接著就慢條斯理地開口。

「直到最近，我才學會那招。」

這句話一說完，我「呼——」地吐了一口氣，等待小玉玉做出回應。不難想像到了這個階段，她可能會回答「你果然還是不行嗎！」這類的，做出精確度超越我的大力吐槽。甚至讓人想要把她的用力程度拿來當作參考。

沒想到跟預料的相反，小玉玉感覺很傻眼，低著頭發話。

「你果然不是很可靠……」

「原、原來如此，要剛柔並濟……」

不能說話的時候總是那麼用力，小玉玉也會用比較沒力的方式吐槽。原來還能這樣收放感情啊，這次又讓我學到一樣……咦，怪了？好像哪裡怪怪的。

＊　＊　＊

之後我又請小玉玉做幾項特訓，但果然一入門，不論哪項都讓小玉玉交出水準以上的成果。

不過仔細想想，這也是理所當然的。

舉例來說，好比剛才只用母音說話的特訓。

基本上比起用各式各樣的言語來表現自己的情感，小玉玉更偏向用言語之外的方式適時表達情感。聲音和肢體動作都很大，表情也很豐富。也就是說跟我不同，她本來就特別擅長那樣。

關於這點，之所以會有使用母音特訓的方法，是因為我太過於仰賴言語的變化，疏忽了言語之外的表現方式，因此才會被出這樣的題目。換句話說是要封住我「太過於仰賴言語變化」的問題，藉此拿出成果，是特別設計來強化我的。

直接拿來套用在小玉玉身上當然沒有效果。

於是目前需要的，變成要設計一些訓練，修復小玉玉身上的問題。這時就要思考必須準備什麼樣的訓練——照理說是這樣。

但若要我現在就把那些簡化成一句話，結果就會變成下面這樣。

「其實我也摸不著頭緒……」

情況如上，今天才剛締結的師徒關係在成立幾十分鐘後立刻觸礁。我要來當人生導師果然還是太嫩了嗎？

但事情都來到這個地步了。若是不做點什麼肯定會更加惡化，即便能夠做的不多，有什麼是我能做的，我還是想盡力而為。

「話說友崎你做過的特訓，我都做得很好對吧？」

「……嗯。」

我點點頭。有可能是我對小玉玉下的判斷錯誤也說不定，但那可能性應該不高。我重複審視自己的技能完成度好幾次，還經過日南的檢測，把這些都拿來對照，綜合以上經驗來看，我的眼光應該不算太差。

「大部分都比現在的我做得更好。」

「是嗎……」

小玉玉開始「唔嗯」地陷入沉思。

「那既然如此，為什麼我不能順利融入這個班級？」

「……果然是那樣。」

對。我們現在遇到的問題就是這個。

我自己本人說這種話有點厚臉皮，但最近我跟中村那群人相處融洽，也可以跟深實實、泉和菊池同學好好聊天。但還不至於讓我有自信地說出自己是現充，只是自己並沒有跟別人起糾紛或衝突，算是處理得還不錯。

反觀小玉玉基礎能力領先我許多，卻沒辦法跟班上的人打成一片。

既然會有這樣的結果，其中必定事出有因。若是想要扭轉已經存在的結果，那我們就要找出引發結果的原因。

當然有時原因並不是出在當事人身上，而是外在因素引起的。套用在這次的情況看來，那就是小玉玉變成紺野的目標，持續受到她欺負。因為一連串的蝴蝶效應讓紺野心情不好，多半是因為這樣的外在因素引發那種結果。

但說起最後演變成受到全班輕度迫害，那又是另一回事了。

恐怕部分原因出在小玉玉原本就容易跟中村起爭執，若是少了深實實的力量，她就沒辦法融入這個班級。

如今我假設原因就出在小玉玉「不懂得掌握跟人相處的基礎技能」上，為了解決這個問題，我找出要改善自身相同問題時受過的特訓，直接套用在小玉玉身上試試看。不過，看樣子還是沒辦法解決。

也就是說我過去碰到的問題跟小玉玉目前碰到的問題不一樣。既然如此，直接將日南交給我的課題套用在小玉玉身上，光這樣自然無法解決問題。

除了探索解決方法，我還有些話要說。

「總而言之……最好暫時不要反抗紺野對妳的騷擾行為……我是這麼想的啦。」

「嗯，或許應該這麼做。」

那番話我說起來沒什麼把握，小玉玉卻首肯了。每次跟紺野吵架，班上同學就會用厭惡的目光看著小玉玉。為了避免這樣的負面情感持續累積，那恐怕是最低限度的必要程序。

但那畢竟治標不治本。

這樣是能發揮效果，改變當下或人們在那瞬間的觀感，但更重要的應該是催生這種情況的「根源」，意即更深層的主因。

要找出那是什麼，這才是我被賦予的「課題」吧。

「再來就是……對了。」

「啊。」

當我想到一半，小玉玉似乎注意到什麼事情，從窗戶俯瞰操場。我也跟著看過去，結果發現田徑社開始在整理場地。

「看樣子結束了。」

「是啊。」小玉玉說完從窗口稍微向外探。「今天深深好像要回去了。」

「嗯？妳說今天？」

被我這麼一問，小玉玉轉頭看我。

「就那個，以前深深不是會勉強自己嗎？每天都去配合葵的練習。」

「……是有這件事。」

想起以前曾經有段時間的深實實即便感到吃不消依然要努力硬幹，我一面做出回應。

「後來也是一樣，就算大家都回去了，深深有時候還是會跟葵兩個人一起練習。」

「咦，是這樣啊？」

那句話讓我有點擔憂，這時小玉玉補上一句「不過」。

「有時也會像今天這樣，若是覺得太吃力好像就會乖乖回家。」

聽到這邊，我鬆了一口氣。

「……是要按照自己的步調做事對吧。」

「嗯。」

小玉玉露出溫和的微笑，充滿包容力、緩緩地點了點頭，接著就將書包背到肩膀上。每當小玉玉說起深實實的事情，臉上表情都很溫暖。

「所以她不會有事的。」

「……那就好。」

我也跟著抓起書包，兩人並肩離開教室。

我們並肩走在空無一人的走廊上。室內鞋踩出啾啾的橡膠聲，在夜晚的校舍裡迴盪。

在為今後做打算的我開口。

「……具體而言要另外找什麼樣的做法來加以改變，這些我們明天再說吧。我想必須做些特訓，我先回去想想看。」

說這些話的同時，我腦中浮現某個人的臉。要過濾出問題點，思考用來解決的方法，確實讓它變成具體的課題——關於這方面的能力，有號人物非常值得我信賴。因此我就是會不由得想起那傢伙以前幫我的片段。

此時小玉玉用讀不出感情的表情點點頭。

「也對。就那麼辦。」

後來我們兩人一起經過玄關，離開鞋櫃區，朝操場走去。

夏季尾聲結束，十月中旬轉涼，那舒暢的空氣輕撫臉頰。微微的香氣飄來，應該是金木犀吧。小玉玉那帶有透明感的咖啡色頭髮輕柔搖曳，彷彿在與風嬉戲。

「……對了，友崎。」

小玉玉先是用神祕兮兮的語氣說了這句話，接著就轉過來面向這邊。

「嗯？」

我也轉過去，看見小玉玉抬起食指輕輕地放在嘴脣上。

「為了不讓深深悲傷，我打算下點功夫，這件事要對深深保密喔。」

她的表情很純真，簡直就像一個孩童般，那笑容似乎充滿了體恤，透著絲絲暖意。

「要保密……啊。」

肯定是為了朋友，才會像那樣竭盡所能地為對方著想。

「……知道了。」

我沒有說出多餘的隻字片語，而是靜靜地做出回應，接著小玉玉看向人在遠方的深深。那雙眼眸好漂亮，看起來清澈見底。

「為了我曾做過那些事情，深深也完全沒有跟我提過對吧？所以——」

在那之後，她咧嘴露出和善又調皮的笑容。

「——這是回禮。」

＊　＊　＊

來到操場後，我們靠近身上流著清爽的發光汗珠、被田徑社成員圍繞且面帶笑容的深實實。看樣子日南目前待在其他地方。

小玉玉用那小小的身體大大地揮著手。

「深深！」

聽到這個聲音，深深就好像把耳朵伸長的狗一樣，立刻轉頭看這邊，右手用力揮動。

「喔～！小玉妳今天也有等我呢！我深實實！感受到愛！感受到！大大的愛！」

接著她雙手大大地張開。大概是在表現這份愛有多大吧。嗯，還是一樣很會耍寶。看到那副模樣，田徑隊的成員也跟著笑了，臉上表情就像在說「這傢伙還是老樣子」。

「而且連友崎都在！真稀奇～！」

「對、對啊。來看一下。」

「什麼什麼？你愛上我了？」

「是。」

就像上面說的這樣，深實實的玩笑話讓我心裡小鹿亂撞，同時我裝作若無其事化解掉，這個時候田徑社成員的目光都落到我身上，彷彿在說「這是誰？」，接著再次轉頭看向深實實。緊接著深實實就說「跟大家介紹一下！這是我的軍師！」，說完還誇張地揮動雙手，這讓社團成員更加錯愕。啊，對不起我只是路人甲，麻煩當作沒看見。

話說這一如往常的笑容。還有那裝瘋賣傻的語氣。

我想現在深實實多半是在緩和氣氛吧。而且小玉玉應該也明白這點。

可能是因為這樣吧。聽到深實實開朗地說出那些話，她露出既是傻眼又跟平常沒兩樣的笑容，用明朗的語氣說了這番話。

「好啦好啦。就別鬧了，我們走吧？」

「收到——！」

「我說妳！靠太近了！汗水會沾到！」

「快吸收吧！這些汗水可是以我的愛為名！」

「哪裡有愛了！只不過是汗水！」

深實實邊說這些蠢話邊跳過去貼在小玉玉身上，跟這樣的深實實會合後，我們三個人一起回家。

話說這時小玉玉的笑容，跟這次問題還沒引發之前相比，感覺好像變得有點落寞，我想那一定不是我多心。

——果然還是要想辦法解決才行。

我在心裡悄悄地下定決心。

＊　＊　＊

隔天星期五早上。雖然處在這種情況下，但我跟日南的朝會好歹還是要繼續開下去。

日南用責備的語氣質問，今日會議就此展開。

「你正在跟花火一起做些什麼吧？」

那些話跟銳利的目光一起放出。跟平常那種總是在俯瞰一切的樣子有點不同，用毫無餘裕又迫切的表情面對我。果然跟平常的她不一樣。

「……算是吧。」

我不知道該怎麼回答才好，在我給出模糊的回應後，日南說些話試探我。

「你之前說過吧。最好讓花火改變。」

「……是有說過。」

「你昨天好像跟花火一起等深實實，那段時間都在做什麼？」

就像在警告我一樣，非常尖銳。話說我們昨天去田徑社那邊接深實實。應該是那個時候被看到的吧。

「你沒有對她灌輸什麼奇怪的觀念吧？」

就像在施加壓力，日南語氣平靜卻又強而有力。那股魄力有點壓迫到我，但我為了徹底做自己，還是堅定地回望日南。小玉玉她自己也決定要挺身而戰，那我就不能在這種地方輸掉。

「是灌輸了。我想在妳看來八成會是『奇怪的觀念』。」

我說這番話就像在與日南正面對決。看我表現出這樣的態度，日南有點驚訝。

「……你打算改變花火對吧。」

她邊說邊用銳利的目光瞪著我。但可能是我多心了。那對眼眸深處似乎透露著些許動搖。

「其實……我很反對。反對別人改變小玉玉。」

「那還用說。花火是對的，所以不能改變。」

這些話跟不久之前說過的一樣。感覺不是很合邏輯，不像日南會說的意見。不知道為什麼，日南只對這點很頑固。

而那種想法跟我要做的正好背道而馳。

只不過。眼下有件事情想要跟日南確認一下。

為了幫助小玉玉走完她選擇的道路、為了奮戰到底——想來想去還是覺得要實現這些，能找到的最強夥伴就是這個日南葵。

因此為了探尋日南心中真正的想法，我開始挑話講。

「……就算小玉玉本人有那個意願也一樣？」

當我問完，日南僵硬了幾秒鐘。接著就像在窺探一樣，她窺視我的表情。

「她希望——改變自己？是花火說的？」

日南的聲音不安地搖蕩。這樣的言行舉止果然很不像日南。平常就算內心動搖好了，她也不會表現得這麼明顯。

果然，面對這次的問題，日南跟平常似乎有點不一樣。雖然不明白理由是什麼，但或許能夠從這裡突破也說不定。若是能夠趁機讓日南幫助我們，我會選擇這種手段來達成目的。

我開始慎重思考，想想該說些什麼才好。雖然不知道理由和最根本的原因，但是日南尊重小玉玉的信念。既然如此——

「是啊。她本人如此希望。她說過這樣的情況會讓深實實傷心，所以想要改變自己……出自她自己的意志，說得很清楚。」

我特別強調是小玉玉「自己」希望如此，對日南告知事實。

「是嗎……」

她將手指放在嘴唇上，一時之間似乎在想些什麼。那表情非常凝重，但我完全不曉得日南對什麼感到迷惘，又想得到什麼。

「可以的話，希望妳能夠出面協助。」

接著我切入正題說出自己的希望。日南則是面無表情看著我一會兒。

最後她似乎想通了，抿著嘴唇點點頭，用深不見底的黑色瞳眸筆直望著我。

那顏色好黑、好深，彷彿在下沈一般，拒絕讓我理解。

「——假如花火改變，那就沒有任何意義了。」

不知道為什麼，她臉上充滿既濃厚又固執的決心。

「日南……」

為了貫徹真正的目的，照理說日南不惜配合錯誤的規則戰鬥。但不知為何，她現在果然是在扭曲自己的信念作戰。背後究竟藏著什麼？是因為重要的朋友身陷危機才感到焦慮？還是有什麼原因？我對日南介於了解與不了解之間，那些都不是我能看懂的。

但我現在很確定一點。

我的目標是改變小玉玉，然而我最仰賴的師父卻無法幫助我。

＊＊＊

這天第二節課的休息時間到來。

伴隨著「吭！」的一聲，小玉玉的桌子劇烈晃動。就像平常那樣，是紺野故意踢桌腳。她還是繼續騷擾小玉玉，都不厭倦。我咬著嘴唇觀望這一切。小玉玉的戰鬥要從這裡開始。

教室內的氣氛頓時歸於沉靜。又要開始「做那檔事了」。拜託適可而止吧。一種無奈、煩躁又帶刺的氣氛壓迫著整間教室。雖然不合理，這些卻緩緩地刺向小玉玉。

在這樣的情況下，當事人紺野顯而易見地無視這一切，去找她那些跟班——簡單講就是這些景象已司空見慣。

到昨天為止，這種時候小玉玉就會開始跟紺野爭吵，然後班上就會產生更加排斥小玉玉的氣氛，深實實則會露出悲傷的表情。至今為止都是這樣的模式。

我朝小玉玉看過去。小玉玉偷偷跟我對上眼，輕輕地點點頭。

「……唔。」

接著小玉玉忍住了。沒有像平常那樣責備紺野，也沒有去糾正她，而是確實把紺野的騷擾當空氣。

紺野有點意外地看著小玉玉，緊接著馬上就像失去興趣一般，目光回到她的跟班身上。教室裡的學生就像在觀望，都鬆了一口氣。

——很好。

這是我們首先能做的第一步，是小玉玉無聲又拚命的作戰方式。

就在這個瞬間，小玉玉為了稍微緩和來自全班的迫害，還想盡可能降低深實實的擔憂，不惜扭曲自己的信念也要忍耐。

這些變化看在旁人眼裡只是不起眼的行動吧，然而小玉玉從來都不願意扭曲自我，那對她來說必定是很大的一步，同時也是很辛苦的一步。

深實實看了先是瞬間露出驚訝的表情，整個人愣住，但她立刻回過神，裝出開朗的表情出聲。

「小玉——！我們去買果汁吧——！」

以此為契機，班上的氣氛緩和下來。太好了，今天沒有被兩人的爭執波及。四處都可以看見同學們露出這樣的放心表情。那表示原本會在這個時候降臨到小玉玉身上的負面情感已經被順利迴避掉。

總之目前我認為這樣就夠了。的確，若單看眼下情況會像是小玉玉單方面任人為所欲為，看起來好像輸了，確實令人覺得不甘心。

但即便如此，為了解決更根本的問題，照理說那都是必要的程序。

為了掌握班上的氣氛，我環顧四周、刻意觀察。接著我看到像假人一樣面無表情看著某一處的日南。她看的就是走向深實實的小玉玉。

「葵也一起去吧——」

聽到深實實對自己那麼說，日南這才像突然回過神似的，在臉上擠出笑容。

接著那三個人一起去有設置自動販賣機的樓梯間。

看在我眼裡，覺得日南的背影好像有些灰暗、沉重。

午休時間到來。我覺得好像哪裡怪怪的。

目前日南正跟中村和泉一起談笑。不過光只是這樣也沒什麼特別的，只是很尋常的景象。

然而總覺得——某個部分莫名變多。

我跟日南私底下會互相說真話，所以平常也會不由得觀察日南的行動。因此能夠大致抓出日南的行動傾向——但是跟平常相比，她找來對話的人更偏向泉和中村。進入這週之後，我逐漸感受到這部分不對勁，但今天特別明顯。
日南恐怕也在用她的方式布什麼局吧。
日南的做法跟我不一樣，她正在背地裡打點。她的目的究竟是什麼，會跟我要做的產生衝突嗎？不懂的事情堆積如山。
但不管怎麼說，我都必須用自己的方式進行。

＊　＊　＊

放學後。我來到圖書室稍微打發一點時間，然後再一次走向教室，去跟小玉玉會合。
接著兩人一起回顧今天的行動。
「就算被踢桌子也能忍住，我覺得那樣很偉大。我們就先從這裡開始做起。」
小玉玉用力地點點頭。
「嗯。雖然不甘心……但這都是為了解決問題。」
「也是。」
情況大概就是這樣，我跟小玉玉一起確認目的。
「可是這樣下去就算能夠防止惡化，還是不能讓情況大幅度好轉。」
當我說完這些，小玉玉便用不安的表情望著我。

「說得也是……那該怎麼做才好？」

面對這個疑問，我目前還沒有明確的答案，就像要把手邊資訊稍微整理一下，開始陳述。

「……果然還是不能只進行避免情況惡化的作戰計畫，我認為讓情況好轉的作戰計畫也有必要實施。」

我的話一說完就讓小玉玉歪過頭。

「嗯。可是你說的作戰計畫是？」

「這個嘛……」

我邊想邊低下頭。

這次必須改善的要素大致分成兩種。第一個是紺野一天到晚騷擾小玉玉。另一個就是班上整體氣氛不利於小玉玉。

在這兩者之中，眼下我們要優先處理的是後者。

關於紺野的騷擾行為，現階段都還沒有留下證據，反過來說，紺野也沒辦法做出會留下證據的大動作騷擾行徑。換句話說，若是能夠持續忍受現在這種程度的攻擊，不僅可以避免受到關鍵傷害，同時還能持續爭取時間。

但是說到班上的氣氛，那又另當別論了。

「我想問題在於不知道班上同學會對妳做些什麼。」

「……班上同學？」

面對這句話，我跟著點點頭。

「目前大家還在觀望，但是不曉得他們會從什麼時候開始加進來欺負人。」

對。關於班上同學，說真的幾乎沒辦法判讀他們今後會做何反應。目前氣氛只停留在「想辦法避開」，但還不知道今後是否會因為某些契機打壞這種氣氛，也不知道最後會引發多麼殘酷的行為。

之前球技大賽的時候，班上同學只是因為一點小事就團結起來。也就是說依此類推，班上同學也很有可能因為一點小事就團結起來做壞事。

「這樣啊，或許會。」小玉玉帶著頗有同感的眼神點點頭。「假如事情真的變成那樣，那就可怕了。」

「是啊。不過……是有那個可能性。」

因為大家都那麼做。因為去做比較容易。因為「氣氛」是這樣。就像這樣，價值觀不是由自己決定，而是變成跟外力妥協，很有可能因此輕易地顛覆一切。所謂的班級就是這個樣子。

因此為了防止這點，才要小玉玉停止反抗紺野。那是一種緊急應變措施，然而先前日日反抗會讓怨恨度累積，很有可能成為推動整個班級的主因。

「所以我們現在要做的是這個，目前大家都會盡量避開小玉玉，我們要想辦法改善，可以的話希望將他們拉攏過來。」

「要拉攏……大家啊。」

小玉玉邊說邊迷惘地垂下眼眸。

「『大家』。對小玉玉來說，那恐怕是最難對付的戰鬥對象。若是要像面對個人那樣，只是正面傳遞自己的真心話，那這次敵人相對就會顯得棘手、難以對付。」

「大家……不知道都有什麼想法。」

「……是啊，確實無從得知。」

我認同地點頭。要去弄懂大家在想什麼。那種技能就叫做「察言觀色」。要把團體當成一種抽象生物，然後弄懂它行動的準則和價值觀，這用日南的話說就是所謂的「善惡基準」，弄懂之後還要去預測思考和行動。那並不容易。

「嗯。如果只是一個人的想法還能勉強去理解，但是換成大家就完全弄不明白了。」

只見小玉玉帶著陰暗的表情放眼環視教室。桌子和椅子成堆排放。在這個四角形的空間裡，無機與不自由交錯填塞。在這個半大不小的箱子裡，有三十幾個人待在一起，飄散著熱鬧與閉塞感，在一年之中要一起度過大半時間。裡頭總是放養著名為「氣氛」的怪物。

「可是……有的時候大家會一口氣卯起來採取某種行動對吧。」

「好像是……」

集團的「氛圍」改變會產生一種宛如濁流的動向，個人難以與之抗衡。

那讓人覺得不可理喻、無法解釋，至今為止我之所以斷定人生這場遊戲是糞作，其中一項理由就是這個，反過來看也可以說那是要掌控這個遊戲最重要的規則之一。由於它太過強大，因此無法忽視。

「友崎，你知道大家在想什麼嗎？」

這時小玉玉不安地仰望我。

「這個……」

我不曉得該如何回應，一時間找不到話來回。

日南、水澤、中村和紺野這些人在腦海中盤旋，他們可以操縱氣氛，或是駕馭它，都是一些專門馴服猛獸的馴獸師。且我之前被指派接受一些特訓來換取經驗，然後根據這些經驗自行思考。並因此獲得新的技能或觀點。就像在反芻這一切，要掌握它們帶給我的實際感受。

緊接著我發現原來自己體內有一種感覺。

「嗯，最近好像稍微能夠掌握了。」

「咦！是那樣啊？」

「對。」

雖然不是百分之百確定，但我還是帶著某種程度的自信點點頭。

舉例來說包含在特訓「堅持自己的意見」中走出的第一步。

另外就是在深實實演講的時候過去幫忙，當時品嘗到團體氛圍帶來的溫度。

以及在「讓紺野繪里香集團拿出幹勁」這個課題中成功，因此掌握到凝聚向心力的手感。

站在 nanashi 的角度，用他身為玩家特有的剖析戰局眼光重新審視這些經驗，之後再構築，最後會發現自己心中已經產生某種程度的概念，知道要怎麼去實踐「察言觀色的方法」。

「我一開始也不懂，但是經歷各式各樣的事情之後，逐漸學會掌握了。」

「原來是……這樣？」

我點點頭。

接著我還發現一件事。

那就是自己逐漸成長。這一方面也帶來希望。

「既然我都能學會看出大家的想法。那只要透過跟我一樣的課題進行特訓……我想小玉玉也能開始學會掌握。」

這句話讓小玉玉的眼睛為之一亮。

「真的？」

「嗯，真的真的。」

正在點頭的我又發現一件事。

「啊——……不過。」

當我小聲說完，小玉玉便納悶地歪著頭。

「不過？」

那是一件很簡單的事情，卻是再根本不過的問題。

「為了明白這點，我花了大約五個月的時間……」

「啊——……這樣啊。也是啦。」

一面說著，我們兩個人的表情開始黯淡下來。

至今為止我都在接受日南的鍛鍊——也就是「要苦幹實幹」，像這樣循規蹈矩，是很直白的做法。這是最正確、最確實、最有力的，反之也要花費相當的時間。

而我也是一個玩家，所以我知道。

為了獲得真正的力量，無論何時都需要用正確的方式努力，並且持之以恆。

「花了五個月還是目前看到的這樣……那樣行不通呢。」

「……說得也是。這樣太慢了。」

不知道氣氛什麼時候會崩壞。就算接下來希望能確實帶來改變，開始鍛鍊五個月好了，假如途中發生什麼難以挽回的事件，光這樣就會讓一切付之一炬。而且那種可能性恐怕還不低。我們可不能龜速作戰。

「既然這樣，我們就必須找個辦法在短時間內讓一切大翻盤……」

雖然嘴巴上這麼說，但成長過程中很難遇到這樣這事情。

不，正確說來若是讓視角變得超然，逆向思考、突破規則，也許能找出讓情況整個大翻盤的極高超手段也說不定。應該這麼說，在所有的遊戲裡，nanashi 的戰鬥方式總是走這種路線。因此我有自信，只要條件齊聚，我就能辦到。

但要找到突破口有個前提，那就是必須徹底了解基礎規則。而我在「人生」之中尚未達到那種境界。

「……唔——嗯。」

「果然還是太難了嗎？」

小玉玉邊端詳我的臉邊說了這句話。

「算是吧……」

我針對目前手邊擁有的線索做些思考，卻想不出十拿九穩的策略。

「如果時間很短，果然還是有很大的限制存在……」

我正要說出有點消極的話，就在那個時候。

「嗨嗨，兩位好啊。」

這個時候教室門口那邊突然傳來好聽的聲音，那聲音還刻意修飾過。

大吃一驚的我轉頭朝後方看去。結果看到門附近有一道人影站著。那個人帥氣地舉著手，嘴角勾起酷酷的笑痕。

那個人影——就是水澤。

我整個人愣住，這時水澤還是維持那玩世不恭的態度，朝這邊慢慢地走過來。最後站在我旁邊，手放到我的肩膀上。

看似刻意地挑起半邊眉毛，雙眼定定地望著我，那表情很得意，得意到讓人火大的程度。

「——你好像很困擾的樣子？」

接著擺出萬分可靠的模樣，臉上帶著很刻意的笑容。

2 有擅長技能相反的角色在會使戰鬥更加安定

「……水澤？」

突如其來的來訪者讓我感到驚訝，在此同時我跟著開口。水澤邊說「嘿咻」邊坐到我右邊的桌子上。小玉玉坐在我左邊的桌子上，我被那兩個人包夾。

「哎呀～文也果然不是蓋的。走中庸路線，背地裡卻暗中活躍對吧？」

「在、在說什麼。」

那句微妙的話讓人聽了似懂非懂，害我被對方牽著鼻子走，一面回了這句話。小玉玉彷彿是在警戒，一直目不轉睛地看著水澤。

「就那個嘛，之前深實實那次也在背後做些什麼，球技大賽對上紺野也是那樣操作對吧？然後現在是跟小玉兩人一起商量要怎麼對付紺野嗎？在檯面下還真是動作頻頻呢。」

「喔、喔喔。」

不曉得對方想做什麼，這圓滑的對話流向令我感到困惑，同時我如此回應。

「再來就是那個。今天紺野踢小玉桌子的時候，她沒反應對吧。光這樣就讓人有點吃驚了，那個時候你們兩個還互相使眼色。我想背後一定有古怪，社團活動結束後就來這邊看看，果不其然在密會。這是做什麼？不為人知的討論會？」

水澤接二連三吐出資訊量很多的字串，那些彷彿要將我吞噬，我就只能聽著。不知不覺間變成我一股腦地聽水澤說話，這個空間原本只有我跟小玉玉兩個人，如今水澤已經變成現場焦點。在不知不覺間被他掌握主導權。

「如何？猜對了？」

帶著惡作劇般的笑容，水澤窺探我的臉，放棄掙扎的我報以笑容。還是一樣敏銳。沒辦法對這傢伙撒謊。他乾脆去當偵探好了？

「還真是被你看透了。」

我說話的時候舉起雙手投降，結果水澤開心地哈哈大笑。

「很──好。也就是說我中大獎了……」

他邊說邊看向小玉玉。

「最近……還好嗎？」

「……嗯，還可以。」

雖然感到困惑，小玉玉還是老實回答。但是面向水澤的目光立刻轉到我身上，最後又低下頭。看起來有點尷尬。

「哈哈……唔──嗯，我果然還是別出現比較好？」

水澤說這話的時候面帶苦笑。

「沒那回事……話說水澤來這邊做什麼？」

我稍微轉移話題，同時問出讓我好奇的問題。

「嗯？也沒什麼，照常理講你們應該在想辦法對付紺野的欺負行為吧？」

「這個嘛，算是吧。」

「所以我在想，若是有像我這樣的可疑角色加入，也許能讓各方面都進展得更順利——」

水澤說完再次露出苦笑。他的目光一直放在小玉玉身上。

「但或許我也起不了什麼作用吧？」

連我也一起看過去之後，小玉玉便微微地低下頭，一直看著放在前方交握的手指。

「……小玉玉？」

我小聲呼喚，小玉玉先是偷偷看我一眼，接著又立刻低下頭。

這使我想起一件事。我以前也曾經看過這樣的小玉玉。

那是第一學期的事，當時中村他們在家政科教室跟小玉玉糾纏不清。小玉玉給人的感覺就有點像這樣。

「……我說，水澤。」

「嗯？」

我先是跟水澤搭話，接著就筆直看向他。

「水澤，你們跟小玉玉的關係果然很惡劣嗎？」

我單刀直入地問了。之前在家政科教室的時候，情況就不對勁，之後又從日南那邊聽說一些事情，讓我覺得果然是這樣。他們好像不和。

緊接著水澤看上去很詫異，他睜大眼睛跟我對望一會兒，最後笑了出來。

「出現了，文也又來了。」

「咦？」

水澤的眼睛像貓眼般瞇起，嘴裡呵呵呵地笑著。

「一般來說會在本人眼前問這種話？」

「喔喔……原來是在笑這個。」

聽他這麼一講，確實是那樣沒錯。這兩天以來，我跟小玉玉都直來直往對談，所以我已經習慣那樣了，但是在水澤看來會顯得太突兀吧。

然而在這裡，那樣才是自然的表現。

「總之你要開始習慣這樣。」

我這次換用輕快的語氣說話。感覺好像又能說的更自然了。面對水澤，我越來越不排斥用這種方式說話，已經開始懂得區分兩種技能的使用方式。

「哈哈哈。沒想到居然講白了？」

那讓水澤開心地笑了出來。

「對啊。就那樣。」

「也好，這樣才像文也，沒關係。」

我對說這番話的水澤回以笑容，重新問他「那你們的關係到底是怎樣？」。

在那之後，水澤用手指輕輕抓著脖子，就像是在思考一樣，嘴裡發出「唔——嗯」的聲音。

「這個嘛，也不算是關係差……硬要說的話，其實是我們的契合度太差吧。」

「……契合度？」

我不懂他的意思，不由得反問。我邊說邊偷看小玉玉，她還是一樣微微低著頭，不發一語。

「你想想看，小玉基本上不願意扭曲自我對吧？這次繪里香的事件也是一樣，因為那種特質才導致雙方起摩擦。繪里香喜歡當頭頭，所以跟不願意委屈自己的人就會水火不容。」

「好吧，這我明白。」

「對吧？所以說——」

水澤的話停在這邊，像是在賣關子，接著用揶揄的語氣繼續說道。

「不覺得我們那團體裡的某人也跟繪里香很像，喜歡當頭頭？」

被他這麼一問，我馬上靈光一閃。

「我知道了……在說中村吧。」

「對——對——！」水澤說完蹙起眉頭，無奈地笑了。「所以修二跟小玉也是水火不容。」

他邊說邊看小玉玉那邊。我也跟著看過去，還是一樣，小玉玉沒有開口說話的跡象。跟中村水火不容這點能夠理解，但她跟水澤的契合度果然也不好嗎？我暫時將目光拉回水澤身上。

「也就是說，那個——小玉玉跟整個中村集團關係都很差？」

「就是這個樣子。」水澤說完點點頭。「像是不時會有小糾紛，或是我們亂捉弄人之類的。印象中文也有次也受到波及對吧？」

「我想想——好像是吧，只有一次。」

在說之前於家政科教室波及到我的那次吧。

「我想也是。我跟竹井幾乎每次都會被這種事情拖下水。曾經還有一次鬧得很厲害，後來當然是很尷尬了。就這樣走到今天，情況大概是那樣。」

「哈哈……原來如此。」

我臉上掛著苦笑。但這樣我就有概念了。中村跟小玉玉契合度很差，因此常常會發生小糾紛，波及到小玉玉跟整個中村集團。整個小團體受到影響，害他們變得很尷尬。雖然關係有點複雜，但問題似乎沒有想像中嚴重。

「感覺小玉玉跟水澤的關係並沒有那麼糟糕……但果然是因為水澤待在那個團體裡的關係？」

「是啊——雖然沒有直接跟我起衝突，但一旦被拖進去，我就會站在修二那邊，要捉弄人的時候也會選擇捉弄小玉，她對我印象差也是沒辦法的事情。」

水澤帶著困擾的笑容說道。好吧也對，雖然水澤本性並不壞，但他很愛捉弄人。像之前中村就亂捉弄人，說要「學友崎講話」，水澤也配合他，他有這樣的一面。因此解釋得通。

我再一次轉頭看小玉玉，她還是一樣低著頭。或許她不太想說話，但有件事還是要跟她本人詢問一下。

「小玉玉……是因為有跟他們吵過架，所以遇到水澤也會尷尬嗎？」

在那之後小玉玉抬起臉龐，像是在評估什麼，在我跟水澤之間來回張望。

但接下來還是沒有說話，她的目光逐漸往下降。最後再一次進入微微低頭的狀態。一陣不上不下的沉默流淌著。

看她這樣，水澤瞬間換上認真的表情，之後又露出不會讓人討厭的爽朗笑容。

「事情就是這樣，總之——若是遇到什麼問題可以過來找我商量。我是站在你們這邊的。那先到這吧！」

像是要緩和僵硬的氣氛，水澤用明朗的語氣說完就從桌子上跳下。直接朝教室的門走去。雖然他裝得若無其事，但就連我都看得出來。知道自己在這邊會讓小玉玉抬不起頭，他是在顧慮這點，所以才想乾脆地走人。不僅如此，他還說自己是站在我們這邊的，表示願意幫助我們。

「我知道了。謝謝你——」

就在這個時候。我心中產生一種直覺。

水澤在體貼小玉玉。

小玉玉都低著頭。

紺野跟班上的氣氛環環相扣催生目前這種狀況。

還有至今為止日南對我出了好幾道題目。

好幾塊拼圖在我的腦海中組裝，讓我心中浮現一個點子。

至今日南對我出的課題裡，有一個若是直接拿來套用在這次小玉玉的問題上，或許能在解決問題上起到很大的效果。我有這種預感。

「——水澤，你先別走。」

我將手指按在嘴脣上，說話的時候視線看向斜下方。大概在教室的中央地帶，水澤的腳步聲停下。

「嗯？怎麼了？」

當我看向那邊，水澤正用感到詫異卻又有點期待的表情望著我。

「那個……想拜託你幫點小忙。」

「幫忙？」

「對，就是幫忙。」我點點頭，然後又看向小玉玉。「——小玉玉。」

「咦？」

突然被人叫到，小玉玉用驚訝的表情看這邊。

「昨天有說過吧，為了解決問題要出課題。」

「嗯、嗯嗯。有說過。」
看我莫名有氣勢，小玉玉答話的時候難得詞窮。
看她一臉困惑，我投以認真的目光。水澤則用有點玩味的眼神看著這一切。
「為了解決問題，我已經知道要先出什麼樣的課題了。」
似乎從我的表情看出端倪，小玉玉最後也用認真的眼神凝視我。
「……是什麼課題？」
只說了這麼一句話，小玉玉就像在等我接著開口，她閉上嘴巴。
「那就是──」
我想起集訓時日南出的「那個課題」。

「從今天開始，小玉玉的課題就是──『跟水澤好好相處』。」

只見小玉玉錯愕地看著我。水澤則是一下子看我、一下子看看小玉玉。
在短暫的沉默之後。最先開口的人是水澤。
「呃──那是什麼意思？」
「啊──這個嘛。」
也是啦。有點莫名其妙。有鑒於此，我開始說明。
「其實也沒什麼，就是從昨天開始和小玉玉單獨談了一些，覺得首先還是要改善班上同學想避開小玉玉這點。」

「也對，或許是吧。」

水澤說這話時靠在附近的桌子上。小玉玉則是一直看著我的臉，聽我說話。

「然後我就想，為了達到這個目的必須做些特訓，來讓小玉玉鍛鍊能夠跟大家打成一片的技能……」

「哦——所以才要先跟我修復關係，來當練習是嗎？」

「對對！」

馬上就看出我要說什麼。不愧是水澤，理解力真好。

我轉頭看小玉玉。

「就我目前所見，小玉玉沒辦法跟大家打成一片的理由，其中之一應該就是不容易敞開心房、無法跟人妥協……就像現在對水澤也是如此。」

小玉玉先是看看我，接著目光又落到水澤身上。她的表情果然有點尷尬。

但是這次沒有低下頭。

「我猜妳可能有先入為主的觀念，認為跟中村集團的人就是無法好好相處。因此要先衝破這層外殼，才有辦法踏出跟班上同學和睦相處的第一步。」

「外殼……」

這時小玉玉小聲地呢喃，臉部朝下。但那不像是低著頭，更像是在確認自己的模樣。

「嗯。就是外殼。」

當我說完，水澤便「哦——」了一聲，同時開口說了一些話。

「總覺得文也長大了呢。」

「咦，長、長大了？」

他說那些話感覺就像在看自己孩子的父親。怎麼突然說這種話。

「令人意外，沒想到你講的話也開始有幾分道理了。」

「是、是嗎？」

關於這點，一部分是因為我曾就近觀察講究合理性的惡鬼吧。就連出課題的方式也是直接拷貝過來。沒想到會從對方曾經出給我的那麼多課題裡挑出一個給小玉玉。

這時水澤微微地「嗯嗯」幾聲並點點頭。

「OK——既然文也都說了，那我就來幫忙，不過剩下的就要看小玉自己了。」

他邊說邊看小玉玉。小玉玉又在觀察自己。

「我……」

接著她慢慢抬起臉龐，嘴脣用力閉緊。

小玉玉總是會貫徹自己的意志。不管是在家政科教室的時候也好，剛才那瞬間也罷，恐怕在更早之前就是那樣了。她討厭中村等人，一直都拒絕跟這些人溝通。

想必小玉玉心中有難以動搖的理由，讓她不願意去應對吧。

但就不曉得她現在是否仍覺得那樣沒關係。
這次小玉玉究竟會選擇哪邊。
問題在於她想要以什麼為優先，沒有正確解答。
因此我只是默默等著小玉玉給出答案。
緊接著是一陣短暫的沉默。
在那之後，小玉玉用充滿決心的強烈目光望著我。
「——嗯。我願意試試看。」
我跟水澤互看彼此，笑著對對方點點頭。
就這樣，小玉玉又稍微衝破了包裹著她的外殼。

＊＊＊

以桌子為中心，小玉玉跟水澤直接面對面。
「話說回來，像這樣好好說話，真的還是第一次呢。」
「嗯，好像是吧。」
距離他們幾步，我在窗戶前方眺望這兩個人。

水澤講話的語氣就跟平常一樣柔和，他的對象是用淡然語氣說話的小玉玉。但是感覺起來，與其說她在緊張，倒不如說是面對不熟悉的人，小玉玉毫無掩飾地表現出那份不熟悉。

「那麼，實際上的情況是怎樣呢？」

「實際上？」

「就那個。我想妳真的不怎麼喜歡修二，但難道也不怎麼喜歡我？」

水澤若無其事地直逼核心。他的語氣經過調整後已經沒了討人厭的感覺，但如此深入觸及很不像水澤的風格。是因為小玉玉不會有所隱瞞、習慣說真心話，所以水澤才配合她說話嗎？如果是的話，他的現充實力還真讓人佩服。

「唔——嗯。我也不知道。你總是給人很壞心眼的感覺。」

小玉玉說話的語氣沒什麼起伏，感覺很堅定。

「哈哈哈。這樣啊——覺得我壞心眼。」

「嗯。會配合中村亂說一些話。」

「哈哈。竟然說我會配合他趁機放話。」

「我討厭那樣，所以可能一直在躲你吧。」

「是、是喔。原來在躲我……」

小玉玉接連說出毫不修飾的話語，就連之前看起來老神在在的水澤也免不了開始節節敗退。

「我說文也，這裡有個人講話比你還要直接。」

「水澤，這還只是開始而已。」

「不會吧。」

水澤打趣地笑了。但是看他的表情似乎並不討厭，反倒對這樣的直來直往樂在其中。不愧是水澤。

「既然會躲著我，那就表示小玉果然不喜歡我呢。」

當他說完，小玉玉臉上的表情依然沒有改變，嘴裡這麼說。

「我也不確定。若是沒有好好跟對方交談，就不知道對方是什麼樣的人。」

小玉玉一直睜大眼睛盯著水澤的臉看。

「……嗯——」

水澤看似頗感意外地吐了一口氣。不過這樣的回答確實很神奇。因為對方會整自己，所以小玉玉一直在避免跟他有交集，但是不交談就不清楚自己是否討厭對方。這不算詭辯，但是有點怪怪的。總之該說這樣回答才像小玉玉吧，還是該說那正是她毫不掩飾的真心話。

「這樣啊。如此一來，會不會反過來想問我一些事情？畢竟妳不知道我是什麼樣的人。」

「唔——嗯……好像沒有？」

「哈哈哈！我猜也是！」

這讓水澤張大嘴巴哈哈大笑。看樣子他樂在其中，太好了。

這個時候就形成以下這般構圖，小玉玉面對一直在躲避的人也不偏不倚、一針見血地說出真心話，水澤聽了開心地笑著。他們兩個好像很契合，搞不好很快就會打成一片。

「啊，但有件事情讓我好奇！」

小玉玉說這句話時聲音高幾度。

「喔。什麼事？」

水澤嘴角噙著笑容回問。還是一如往常充滿餘裕的表情，但小玉玉卻從旁痛毆這份餘裕，接著說出以下這段話。

「水澤是不是喜歡葵？」

「噗呵！」

小玉玉不經意脫口而出的那句話讓人驚訝到一不小心就笑了出來，這個人不是水澤而是我，水澤看起來有些不知所措，但又帶著看似開心的笑容，反問小玉玉「怎麼突然問這個？」。他非常冷靜。更顯得我不夠冷靜沉著。

「一方面是因為有聽到一點風聲，所以就好奇究竟是怎樣。而且葵身上好像有很多祕密，因此才會令人好奇。」

「哦——……」

水澤一直用像在探尋那番話背後真正用意的目光望著小玉玉。但是小玉玉臉上的表情沒什麼變化。

可能是因為水澤發揮他與生俱來的敏銳特質所導致，但也有可能是小玉玉太過正直，甚至沒有發現對方在試探自己。簡直就是異種格鬥技大戰。

但我曾經看過水澤對日南告白，因此眼下這種情況在我看來簡直讓人捏把冷汗。

我緊張地守望，結果水澤一點都不慌張，他開口了。

「算是吧，挺喜歡的。」

「水澤!?」

「咦！果然是這樣嗎!?」

我跟小玉玉不約而同大吃一驚。

結果水澤接著說「是啊」，帶著從容不迫的表情笑著。「——是從朋友的角度。」

他用揶揄的語氣說話，就像在開玩笑。我懂了，原來還有這種裝傻方式。嚇到我。

話說明明被人猜中了，他卻先斷言「算是吧，挺喜歡的。」，之後再補充「是從朋友的角度」，膽子還真大，水澤反倒變成讓我們大吃一驚的人了，真厲害。因為他太從容，看起來一點都不像在說謊。先前日南也有用類似的方式蒙混過關，這就是現充特有的餘裕吧。我學不來。

「……原來是這樣。」

只見小玉玉點點頭，看樣子似乎理解了，水澤則是笑著調侃對方。

「是說，這是怎麼了？沒想到小玉對戀愛話題很有興趣？」

「才、才不是那樣！」

被對方半開玩笑地問著，小玉玉有點慌亂。

「哎呀別緊張。我現在已經回答了，接下來該換小玉吧。小玉現在有喜歡的人嗎？」

「沒有！該說有也不會告訴你！」

「是喔——！那就是有了？對方是誰？」

「喂！別擅自決定我有喜歡的人啦！」

小玉玉就像平常那樣，手指用力指著水澤。水澤則是呵呵地笑著，看起來像在盤算些什麼。

「咦——是這樣嗎？但是下課後兩人單獨開作戰會議，會覺得在場的兩個人很可疑呢？」

這陣突襲讓我「咦！」了一下，不過小玉玉卻是毅然決然地再次指正水澤。

「絕對沒那回事！」

「哦。真的嗎？」

「絕對不可能！」

「哈哈哈！聽起來是完全沒機會，她說絕對不可能喔，文也。」

「被、被人這樣強力否認……」

「咦！啊，抱、抱歉？」

被人牽著鼻子走的小玉玉開口道歉，用問號結尾。水澤見狀滿足地笑了，他吐了一口氣。小玉玉一臉狼狽。我像洩了氣的皮球。這什麼情況。

「哎呀——你們果然很有趣。」

「居、居然說的事不關己……」

感覺就是這樣，小玉玉慢慢完成課題，逐漸能跟水澤自然對話。好笑的是變成我當犧牲品。

＊　＊　＊

「妳今天也來了呢，心愛的小玉！奇怪？今天跟友崎一起……孝弘也來了？」

「妳好啊——」

我們三人一起去找結束社團活動的深實實，她先是興匆匆跑到水澤那。

「這是怎麼了！什麼狀態？」

不知道為什麼，深實實雙眼發光朝我逼近。我「呃——」了一聲，開始簡短說明。

「這個嘛，大概就是小玉玉的朋友變多之類的？」

「那什麼意思？話說這樣的組合超稀奇耶!?」

面對驚訝的深實實，我用冷靜的語氣回答。

「是啊……畢竟水澤跟小玉玉以前的關係不太好。」

「咦——!?居然把這件事講白了!?」

在我們這幾個人之間，老老實實說明白反倒是常識了，深實實突然被捲入，被言語形成的快速直球正面擊中，大感吃驚。

旁邊的水澤開心地呵呵笑。

「但那也是事實。平常我跟修二會和小玉起衝突，所以關係很尷尬。」

「等等!?怎麼連孝弘都這麼說!?」

我們三人變成一個直來直往的集團，深實實一時間好像沒能跟上我們的腳步。特別是水澤變成這樣，給人非常不搭的感覺。

「好啦，深深！我們回去吧！」

「咦？啊，嗯……？」

照理說深實實原本是「要怎麼溝通都行來吧！」這種類型的人，現在卻不知該如何跟人對話。看到這罕見的模樣讓人很滿足，我們四個人一起回家。

四人一同走到車站。

「對了各位！這樣聚集在一起是想幹麼！」

深實實將手弄成麥克風的樣子，開始進行訪談攻擊。是平常司空見慣的那套。

「這個嘛……」

我迷惘了。接下來該怎麼回答才好。因為不想讓深實實難過，所以小玉玉正在努力，這部分必須隱瞞才行。但是照目前的狀況跟時間點來看，跟紺野繪里香有關這點想瞞也瞞不住吧。既然如此，就這麼辦吧。

「大概就是在開會商量要怎麼對付紺野繪里香吧。」

當我說完，水澤跟著點點頭。

「總覺得現在沒辦法置之不理了。總不能因她胡來讓小玉在班上沒有容身之處吧。」

接在這句話之後，深實實拍了拍手並頷首。

「原來是這樣！但沒想到竟然被兩個人守護，小玉也不簡單呢！左擁右抱！」

開這種跟戀愛有關的玩笑話很不像深實實，那讓水澤錯愕地笑了。

「哈哈哈。對象是兩個男人也可以用左擁右抱？」

「咦——不能說嗎!?那要怎麼說？」

「那就麻煩妳說左右各有騎士大人護航這類的。我們是在保護她。」

水澤邊說邊將手放在胸前，做出像騎士的舉動。

「啊哈哈！怎麼能自賣自誇～!?好吧就這樣好了！」

深實實邊笑邊豎起大拇指。好、好的。我也必須跟上這波對話。

「不，水澤的確很合適，但我一點都沒有騎士的樣子，也不像會被人左擁右抱的花美男。」

當我展現自己擅長的自我解嘲，不知為何深實實不滿地嘟起嘴脣。嗯？

「友崎又在說那種話～！其實你也有帥氣的地方，好歹要拿出一些自信，要有氣勢才行！你就是這樣才不受女生歡迎～！」

「咦，知、知道了。」

說我也有帥氣的地方，這句話出人預料，同時那句不受女生歡迎也對我造成打擊。也太會恩威並施。

「也是啦，文也確實有這樣的一面。」

「有、有嗎？」

水澤也表示同意。好吧，我這個人確實很會貶損自己。

「老是看輕自己，大姐姐我會很傷心喔～！偶爾也要說一下『包在我身上』！要用堅定的語氣！」

緊接著水澤也跟著點頭，嘴裡說著「對對」。

「原、原來如此。」

nanashi 另當別論，實在難以想像身為人生弱角的我會說出那種帥氣台詞。不過，過於看輕自己似乎不太好。好吧也對，確實是有點發人省思。

總覺得至今為止，老是認為貶低自己就能逃避，讓自己變得比較輕鬆。比起拿出自信挑戰更難的關卡、展現還很生疏的捉弄人技巧，會覺得貶低自己比較不花體力。嗯。也就是說要時常面對挑戰是嗎？走上這條路才能夠成為現充？

只見小玉玉聽我們的對話似乎聽出一些心得。

「我聽了也覺得有點認同。」

「啊，小玉玉也那麼想啊……我會好好精進的。」

我用帶點哀傷的語氣說出這句話。包含裝出這樣的語氣在內，若是沒有時常面對一些挑戰，果然就無法成長了。

小玉玉帶著微笑點點頭。

「嗯。希望友崎哪天可以真的拿出自信，說『包在我身上』。」

「……這樣啊。」

那番話聽起來絲毫沒有掩飾，跟深實實和水澤說的感覺有些不同。

那兩個人是要我做表面功夫假裝有自信，小玉玉則是要我確實擁有自信，然後自然而然說出有自信的話。

關於這部分，果然很有小玉玉的風範，感覺充滿毅力又正直。

「……哦。」

「就——是這麼一回事！所以說七海深奈實期待你的表現！」

水澤看似佩服地發出驚嘆，充滿朝氣的深實實則是跑來打圓場。看樣子水澤跟我在想同一件事，但深實實似乎不在意剛才小玉玉說出微妙的話。水澤跟深實實，雖然他們都是很會溝通的人，在這方面卻形成對比。

「就、就算妳說期待我也沒用。」

「又來了友崎！你又開始沒自信囉～⁉」

「嗚……」

深實實補刀讓我感到退縮。

「哈哈哈。但事後補充確實比較像文也。」

水澤又開始打哈哈。只不過，剛才小玉玉的意見與他們說的有點不同，而水澤正是在支持她的意見。

我針對那前後兩個套路進行思考，接著對水澤回話。

「唔──嗯，雖然不知道該選擇哪種做法，總之會在不過度勉強讓氣氛變尷尬的範圍內努力看看。」

當我說完，小玉玉頗感認同地點點頭。

「的確，友崎若是太刻意就會顯得奇怪。比起裝模作樣，自然點更好。」

「哈哈哈！小玉的話還是一樣銳利呢？」

就像這樣，我們談話方向都是以剛才那不同的看法為前提，這讓深實實用錯愕又狀況外的模樣看著大家。但最後她似乎看開了，不僅哈哈地笑了出來，還猛拍我的背。

「喔──怎麼啦怎麼啦？對你來說太難了～⁉」

「好痛好痛！」

情況就是這樣，在這次放學回家的路上，我們說出比平常更多的真心話。不過話說回來，我們是要改變小玉玉吧，這算什麼？

＊　＊　＊

隔天是星期六。

我去卡拉ＯＫ SEVENTH 打工，去了發現水澤跟小鶇已經在那裡工作了。

「你來啦。文也。」

「我來了。今天水澤也有排班嗎？」

「友崎學長早安～」

「小鶇早。」

我像這樣流暢地跟兩個人打過招呼，接著店長突然從櫃檯那邊探頭，跟我打招呼說「嗨，友崎早啊。」。嚇我一跳。

「早、早安。」

「今天也麻煩你了！」

「好、好的！」

如上所見，就只有最後這次打招呼卡卡的，同時我到更衣室去，換完制服再回來工作場所。

用靜脈打卡完後，我開始工作。店裡面的電腦畫面上顯示還有幾個房間尚未清掃，趁水澤跟小鶇在處理客人訂單的時候，我去把房間打掃乾淨。然後又回到廚房。

看來今天好像不是很忙，小鶇跟水澤兩人並排在一起洗杯子，一面閒聊。小鶇負責用海綿洗杯子，水澤在旁邊的水槽迅速沖洗那些茶杯。我往那邊走去。

「好閒喔——」

我說這話是想挑起話題，這讓小鶇用無力的聲音回應。

她說「就是說啊——」，接著似乎突然想到什麼。「啊！對了！女王的事情進展如何？」

「咦，喔那個啊……我想想。」

我不知該如何反應。之前被出課題，說要讓紺野對球技大賽提起幹勁，在為那個課題奮鬥的時候，我曾經去找小鶇商量，還跟她挑明情況。所以說，她自然會來問結果，不過……以此為契機，現在班上情況變得很詭異，這句話實在很難說出口。

我正感到迷惘，水澤就從旁邊插話。

「……她說的女王是指繪里香？」

他說完面帶苦笑看我。我則是語無倫次地回應「算、算是吧。」。

「喔我懂了！水澤學長跟友崎學長好像讀同一所高中對吧。」

「是這樣沒錯。」

「啊，那水澤學長知道嗎？之前友崎學長希望可以讓女王對球技大賽提起幹勁呢。」

洗完東西之後，小鶇邊用紙巾擦溼掉的手邊說。

「啊——算是有點概念。」

水澤回答時將洗好的盤子放到滴水台上。話說，這次水澤原本就知情，所以沒關係，不過未經許可就毫無保留爆料是怎樣……但總覺得這女孩讓人討厭不起來。

「啊，原來是這樣——友崎學長果然是出了名的勤勞星人嗎？」

「勤勞星人？那是什麼。」

這話水澤是皺著眉說的。緊接著小鶇就突然擺出嫌麻煩的表情。

「啊——麻煩你從語意去意會！」

「什麼？」

水澤似乎聽不太懂，但也許是對小鶇這樣的表現已經習慣了，他並沒有刻意去追究，而是照原本的步調繼續手邊工作。俐落排放盤子的動作看起來有模有樣。

「算了沒關係。那之後怎麼樣了？」

隨便讓話題繼續下去的小鶇朝我這邊看過來。接下來該如何回答才好。

「唔——嗯，算是……有點進展吧。」

我想不到什麼特別好的理由，只好用一些話敷衍。用這種方式帶過零分，就連身為弱角的我都知道。

聽完如此模糊的答案，小鶇就只有意興闌珊地說了一聲「哦——」，接著又繼續說別的像是「啊，那就這樣吧……」。不對吧，這就沒興趣了。

「你們兩個，就沒有透過球技大賽談起戀愛嗎!?水澤學長跟友崎學長之前都沒有這樣的經驗吧？」

這女孩真的很喜歡那種話題耶。話說暑假的時候發生了一些事情，所以又被人問到這個會有點緊張。

這時水澤回說「沒有沒有」，輕輕笑著並看向我。

「喔，我也沒有。」

緊接著小鶇又發出一聲「哦——」

「感覺你們兩個人應該都滿有可能交到女朋友的，真意外。」

「咦。」

那句話讓我感到驚訝。因為剛才她說「有可能交到女朋友」這句話之前，不是只說「水澤學長」，而是說「你們兩個」。若這不是我聽錯、不是她在講客套話，那她就對我說了很不得了的話。是後者的可能性很高。

「咦——真無趣。就連心儀的女孩子都沒有嗎？」

小鶇看似不怎麼高興地問我們二人。被人這麼一問，我的腦裡果然又快浮現那張臉，為了掩飾這點，我刻意裝出沉著的語氣開口。

「……不，是沒有。」

緊接著小鶇就突然驚訝地盯著我瞧。

「咦，剛才那陣停頓是怎麼一回事！肯定有吧！」

「哈哈哈。剛才那樣很可疑吧？」

「不，就說沒有了！」

即便感到焦急，我還是用明快的語氣吐槽。

「原來如此啊。看來友崎學長有喜歡的人。那水澤學長呢？最近也找不太到那樣的對象嗎？」

「這個嘛——是有跟我相處融洽的女孩，但也僅止於此。」

他淡淡地回應，答得很流暢，態度非常的冷靜。嗯。演技好到連曾經全程目睹他跟日南發生過那檔事的我都不免認為「應該沒什麼」。

「唔——嗯。完全看不出水澤學長是在說謊還是說真話……」

「哈哈哈。可惜了。妳去練個一百年再來吧。」

說完這句話，水澤拍拍小鶇的肩膀。哇——喔，那肢體碰觸未免自然過頭了。

再來就是那個小鶇，她並不在意剛才的碰觸，而是發出懊惱的聲音，但依然用有點懶散的目光看著水澤。連肢體碰觸都不當一回事，這就是現充之間的距離感。

「那就……」

之後小鶇若有所思地將話說到一半停住，然後突然轉頭面向我。

「友崎學長。水澤學長說他跟別人沒什麼，這是真的嗎？都已經過了暑假和球技大賽了，難道什麼都沒發生？」

友崎

接著小鶇便望著我，像要看進我的眼眸深處。咦，等等這話要問我嗎？

「……沒、沒什麼，什麼都沒發生。」

聽我說完，小鶇先是持續望著我一陣子，最後總算又開口。

「咦──！那完全是有什麼的反應嘛！水澤學長，你果然跟人有什麼吧！」

「文也……」

只見水澤按住太陽穴低下頭。

「呵、呵、呵，水澤學長，你失策了呢？只要有友崎學長在就別想對我有所隱瞞喔？」

小鶇邊說邊露出邪惡的笑容，她眼裡充滿壞心眼的光芒。水、水澤對不起……

＊　＊　＊

打工結束後。

我跟水澤兩人一起來到附近的「Gusto」。只能輪班一小段時間的小鶇先走了，我跟水澤則是在同一時間離開。

話說原來是這樣啊，以前這棟大樓有「LOFT」，現在變成是「Gusto」了嗎？我還看到隔壁有「Saizeriya」餐廳，就一起記下吧。之前跟菊池同學一起約在大宮見面的時候，我連哪裡有家庭式餐廳都不知道。這邊有 Gusto 跟 Saizer。我記住了。

「呼。辛苦了。」

進入店內被帶到座位上，水澤將有紅色標誌的深色托特包放到沙發上。

「喔。你也辛苦了。」

我也將自己買的黑色包包放到隔壁的椅子上，對水澤做出回應。

他一面打開菜單一面露出自然的笑容。

「話說鶇兒一走馬上就變得忙碌起來。這傢伙果然有什麼特殊力量。」

「哈哈，聽你這麼一說，好像是那樣。」

我一面回想一面偷笑。也許那個女孩真的是在懶惰星加持下誕生的。

「那傢伙也不知道將來是否會變成大人物，還是真的會淪落成廢柴。」

水澤的話讓我跟著點點頭。

「好像一回過神就會發現她已經三兩下跟有錢人結婚，感覺好可怕。」

「哈哈哈。真敢講。」

大概就是這個樣子，我已經完全習慣跟人這樣輕鬆閒談，我邊聊邊看菜單。等我們兩個都想好要點什麼菜了，我們就找店員過來點餐。

等店員走了，休息一會兒後，水澤率先發話。

「那麼，小玉的事打算怎麼辦？」

之後我們開始討論。基本上會來這邊就是為了針對這件事情開會。

「水澤你怎麼看？」

「嗯——這個嘛……」

水澤稍微向下看了一會兒，接著再次開口。

「總而言之，我想不去反抗紺野是正確的選擇。若是繼續反抗下去，那就等於給班上的人免死金牌，讓他們覺得『去攻擊小玉也沒關係』。」

「免死金牌？」

這個字眼有點微妙，當我進一步詢問，水澤便點點頭。

「該怎麼說？就類似『因為小玉做事情都不懂得顧慮周遭，所以被人攻擊也不能怪別人。』那類的。因為有正當理由所以可以攻擊她，一旦有這種冠冕堂皇的理由，可能就會一口氣演變成霸凌。」

「有冠冕堂皇的理由，就算攻擊她也沒關係……是嗎？」

我反覆咀嚼那些話，試著理解水澤想說的。

「總之基本上，這個道理不管遇到什麼事都能套用吧？『因為那傢伙幹壞事，所以攻擊他也沒關係』，就像這樣。只要有看似正義的理由，不管用什麼方式凌虐別人都會被原諒，大概是那種感覺。」

就算其中的正當性變得越來越薄弱也一樣，一面補上這句話，水澤露出厭世的笑容。

我仔細咀嚼這些話，經過思考後總算明白了。

「原來如此，確實不難理解。就類似網路上的人群起砲轟吧。」

「啊——這個例子很貼切。」

只是因為一點小小的破綻，整個集團就會以正義為名進行實為霸凌的「審判」。最近那種景象並不罕見。我主要的棲息地都是網路世界，因此很清楚。

「若是有正當理由，那就不會變成『攻擊』，而會變成『懲罰』吧。」

我按照自己的理解補充，水澤聽了帶著苦笑說「沒錯就是那樣」。

「那是最難處理的情況，情況會失控。若是情況沒有改善繼續下去，小玉很有可能受到那種『懲罰』，所以我想停止反抗是對的。」

「原來是這樣……所謂的團體確實是這麼一回事。」

「喔！你懂啊？」

水澤扯出一抹笑容說道。

「大、大概懂。」

「文也果然長大了呢。」

「你是站在什麼角度說的呀。」

「哈哈哈。總之這是在誇獎你，就別跟我計較了吧。」

水澤帶著打哈哈的笑容補上這一句。總覺得看他用這種表情說話，會覺得那表情非常溫柔，柔和到讓人原諒他。唔，這就是現充的特殊技能嗎？

即便在戰鬥力這方面完全差他一大截，我還是把話題拉回來。

「那我想想——這個嘛，因為停止反抗，所以同學就沒理由攻擊小玉玉對吧？」

「應該是。」

「那反過來說，若是接下來可以跟大家好好相處，那她的同伴就有可能變多對吧。」

「照理說是那樣。只不過要好好相處才是最困難的地方。」

水澤邊說邊聳聳肩。我也認同他的看法。

「總之跟水澤的關係變好，小玉玉算是突破一層外殼了，但光這樣還是沒辦法解決問題。」

這時水澤點點頭。

「沒錯沒錯。還不足以突破跟大家之間的障壁……對了，我們去小飲一下。」

「小影？」

「不對，是小飲。就是飲料區。」

「啊，喔喔我懂了，是飲料區嘛。ＯＫ——」

聽他這麼一說才恍然大悟，突然聽人說這種簡稱讓我心頭一驚。我回答的時候一面安撫焦急的心情，結果引得水澤呵呵笑。

「最近文也一口氣改變許多，結果卻連這麼基本的事情都不知道。」

「嗚……好像是這樣。」

「來，我們走吧。」

就這樣，我處在被人大力引導的狀態下，要體驗第一次跟朋友一起去飲料區。

以前常常跟家人一起來餐廳，但最近都沒有。真是久違了。

我把可樂裝進杯子裡，輕輕加進冰塊，以免有水噴上來，再拿著飲料回到座位上。順便說一下，我在想水澤會不會連這種事都做得很順，所以就觀察一下，最後發現他先放冰塊才加茶，原來如此。先把冰塊放進去就不會讓水噴起來。想想也是。讓我見識到處理細節的等級差異。

水澤回到座位上，一面攪拌放了一個糖包的冰茶，同時繼續開口。

「現在要談該怎麼突破跟其他人的隔閡對吧。」

我用吸管吸著可樂，同時做出回應。

「是啊。」

「總之──照常理想，我們大概是要教小玉各種突破隔閡的方法吧？」

先是喝了一口冰茶，接著水澤就用沉著的語氣補充。我想了一會兒，嘴裡「唔──嗯」一聲。

「那樣也不錯……但我不確定。」

這一答讓水澤感到錯愕，並用感到意外的眼光看我。

「喔，這代表什麼。表示你還有其他不錯的法子？」

聽那語氣應該是在期待我有什麼好點子。喔、喔喔。原來水澤也會對我抱持這種期待。

「沒、沒什麼，其實也不是什麼大不了的點子，不過……」

「不過？」

只見水澤用興致盎然的眼神看這邊。拜託別這樣。

一面承受這份壓力，我拿過去受過的特訓當參考，對水澤告知自己的想法。其實那也不是什麼絕妙的點子。

「我覺得開類似講座的東西，教小玉玉『這麼做就會讓事情好轉』確實不錯，但個人認為更重要的應該是這個，在失敗也無妨的情境下重複實踐。」

這是我根據經驗得來的。

「……哦。」

舉例來說就好比日南一開始對我出的課題。還有假裝感冒去跟泉攀談也是一個例子。就算對應上出現奇怪之處，只要對方當成「是感冒的關係」，那就不會被大幅度扣分。可以像這樣未雨綢繆再去實踐，然後賺取經驗值。

「因此我認為要巧妙打造出這樣的情境才是最重要的。」

那讓水澤看似佩服地說著「原來是這樣」。

「也對，畢竟有可能碰到各種情況，為失敗的那一刻先做些保險措施是很重要的。」

「對啊。若是在這方面失敗導致班上的氣氛惡化，那就本末倒置了。」

眼下情況一觸即發，出給小玉玉的課題若是失敗了，可不能直接影響到班上的情況。關於這點最該慎重行事。

緊接著水澤給出這樣的提議。

「那就這麼辦吧。星期一放學後我們也把竹井一起叫來如何？」

「把竹井叫來？」

這提議讓我有點吃驚，但稍微想一下就想通了。

「……哈哈，原來如此。接下來要出出看『跟竹井變成好朋友』的課題是嗎？」

這時水澤笑著點點頭。

「就是這樣。對象如果是那傢伙，就算失敗也沒什麼關係對吧？」

「哈哈……虧你說的出口。」

的確，拿這個當作下一步嘗試簡單明瞭。首先小玉玉已經達成『跟水澤友好相處』的課題，接下來要改做『跟竹井變成好朋友』這個課題。而對方是少根筋的竹井，就算失敗了也不會影響到班上氛圍。嗯。這是很妥善的安排。

很難說難度是上升還是下降了，但我們這樣已經算是徹底防患於未然，若是要確實獲得新的經驗值，我認為這種特訓方式還不賴。

「聽起來還不錯呢。」

「ＯＫ。那我就去聯絡竹井。」

「好，麻煩你了。」

話題順利進行。比起一個人思考，這樣跟人討論果然能夠獲得多方看法，每個人可以從不同的角度切入，讓我們看得更全面。

當我們像這樣聊著聊著，之前點的食物也送上來了。我點的是日式生薑燒，水澤點的是白飯配什錦烤肉套餐。

我小口小口吃著自己的餐點，同時提出這樣的問題。

「不知道竹井跟小玉玉的契合度如何？」

「嗯——這個嘛……」

嘴裡一面說著，水澤也開始吃他的什錦烤肉。裡面有漢堡肉、香腸和薄燒雞肉，分量很夠。沒想到水澤食量滿大的。

「情況是這樣，水澤有可能接受小玉玉，所以我才去拜託你，竹井這傢伙雖然不壞，但是他很笨，讓人不曉得弄到最後會變成怎樣。」

「哈哈哈。這麼說也對。」

水澤發出輕笑。接著用手撐住臉頰盯著我的臉看，嘴裡吐出這句話。

「但那是什麼意思？說我可能會接受她，我看起來像這種人？」

那笑容充滿試探，像是帶著濃厚興趣等待我的答案。喔喔，他關注的是這個嗎？

我不曉得該如何回應才好，但是又覺得反正都騙不了水澤，乾脆就像之前那樣，直接說出心裡話。

「不，嗯——該怎麼說，像是我會把心裡想的直接說出口，或是想做什麼就做，這些水澤一直都覺得很有趣對吧。」

「啊——確實。」

水澤邊吃漢堡肉邊聽我說話。

「還有就是，那個——……我以前曾經偷聽你們說話。」

「哈哈。是有這回事。」

水澤笑著附和。

「有些人很笨、很認真，你會——稱讚他之類的。」

「也是。就好比是你。」

水澤如實回應。

「喔、喔喔。」

「沒想到你這個當事人居然來問我？」

「這、這是我不好……」

「哈哈哈！用不著道歉。所以呢？」

見對方催促我繼續說下去，感到有點焦急的我嘴裡說著「呃——」，在腦海裡整理那些話。

「所以說，我是那種容易認真的人，而我覺得小玉玉在這部分跟我很像。」

這下水澤似乎聽明白了，他接著開口。

「原來是這樣。所以你認為我也會覺得小玉有趣。」

「算是吧……就是這樣。」

因此從某方面來說，當時能選擇「改善跟水澤的關係」來當課題，就是因為對方是水澤的關係。我認為如果是水澤，他將能接受小玉玉最重要的部分，這樣一來小玉玉就不會受到傷害。因為小玉玉已經受傷了，我不希望她受到更大的傷害。

正在吃飯的水澤發出一聲「哦——」，把飯吞下後隨口說道。

「那從某個角度來說，我覺得對象是竹井也沒問題。」

「是這樣嗎？這話怎麼說？」

當我詢問理由，水澤就挑起半邊眉毛接話。

「因為竹井跟你們兩個人是同類。」

「……這樣啊。」

原來如此，是那麼一回事啊。

「總之，他是繼你跟小玉之後的直言型角色。」

被他這麼一說，我就明白了。

「的確，竹井也是想講什麼就講什麼，是隨心所欲過生活的類型。」

「就是這麼一回事。」水澤說完笑了一下。「畢竟他們很相似，所以契合度應該也不會太差吧。」

「……也對，是這樣啊。或許是吧。」

雖然沒辦法完全斷言事情會是那樣，但滿有說服力的。

「還有啊，他畢竟是竹井嘛。」

聽我這麼說，水澤露出笑容。

「哈哈哈。就是說啊。對方可是竹井，他不會想太多，應該沒問題。」

「對。」

比起是同類這點，因為他「是竹井」倒讓人覺得更有說服力，該說真不愧是竹井。

「好。那我們就先等到星期一的放學後吧。」

「ＯＫ——」

我用幾乎已經完全掌握要領的泉式ＯＫ來回應，不料水澤對我說了這麼一句話。

「可別讓修二看到。」

他說完就面露苦笑。

「咦，為什麼這麼說？」

被我反問，水澤擺出有點凝重的表情。

「沒什麼，就是字面上的意思……我懂了。你不是很清楚吧。」

不是很清楚，指的是哪件事？我們幫小玉玉不能被中村撞見的理由是什麼。

我根據已知的情報去回想，看看有什麼事情是相關的。

「呃——……是因為小玉玉常常跟中村吵架嗎？」

這話一出口，水澤便輕輕地點頭。

「對對，大概就是那個意思。那兩個人可不是常常吵架這麼簡單，已經變成一種根深柢固的孽緣了。最好不要讓中村看到我們在幫小玉。」

「是、是喔……」

「但我認為修二這也是無聊的堅持啦。畢竟都是為了面子問題。」

話說回來，日南曾經說過類似的話。說中村因為賭氣而失去客觀性之類的。

「小玉現在在班上的立場之所以岌岌可危，一部分也跟這個有關。男生不免會認為小玉是『修二的敵人』，要明目張膽幫小玉有點困難。再加上又變成紺野的目標，這下就成了班上兩大頭頭的眼中釘吧？」

這句話讓我感到吃驚。

「原、原來是這樣……這樣一想會發現情況挺糟糕的。」

緊接著水澤伸手過去拿杯子，嘴裡說著「就是啊」。

「所以我像這樣跳進來幫忙已經算是很積極了。」

在那之後，冰塊發出「喀啦」的聲響，水澤帶著涼涼的笑容喝起紅茶。

「是這樣啊……得救了。謝謝你。」

明明知道情況是這麼複雜，水澤還是來幫忙啊。話說他果然是身心都帥到爆表，這傢伙根本沒弱點。

「哈哈哈。別客氣。」

水澤說完露出爽朗的笑容，真是完美到無可挑剔。

「……水澤果然很厲害。」

「怎麼了？突然說這種話。」

我不小心說出真心話，這讓水澤臉上再次浮現有些玩味的笑容。

「不，該怎麼說……就覺得你樣樣都行，但是不討人厭，為人好到讓人驚訝的地步。」

就像這樣，我實話實說，接連誇獎水澤。雖然有點難為情，但畢竟對方幫了很大的忙，讓我願意逼自己拿出餘裕來稱讚他。

結果這一說讓水澤用莫名沉著的目光盯著我看，跟剛才完全不一樣。

「才不是那樣──」

「……咦？」

他臉上的神情莫名有魄力，讓我感到驚訝。

像是要慢慢切中核心，水澤靜靜地笑了。

「我並非做什麼都是出於善意。」

接著他的眼睛像貓眼般瞇起，笑容變得戲謔起來。

「我這個人意外的工於心計呢。」

「是、是這樣嗎？」

那身魄力和柔和的笑容形成反差，被這些擾亂的我開口回應，之後水澤點了點頭，用指甲輕輕彈裝了冰茶的玻璃杯邊緣。「鏗」的一聲，略為高亢又清涼的聲音傳進我耳裡。

「一方面是想去看看放學後教室內的情況。想說那裡是不是有你和小玉……還有葵，部分原因其實是這個。」

「……咦？」

像是要蓋過我的反應，水澤繼續說道。

「所以說，我也只是在做自己想做的事情罷了。」

水澤邊說邊用涼涼的目光看向斜下方。長睫毛藏起他眼裡的色彩。

「原、原來是、這樣。」

我這話是帶著困惑的心情說的，接著水澤慢慢將目光移到我身上，臉上帶著得意的笑容。然後就像在開玩笑，他用無所謂的語氣說出這句話。

「總之，最好誠實面對自己想做的事，這是某個人教會我的呢。」

接在這句話之後，他臉上露出強而有力的笑容。

而他的目光就定在眼前的我身上。

「……這樣啊。」

我點點頭，水澤的目光跟之前有點不一樣，既沉重又淡薄，我選擇正視它。

原來他是以為日南在那。

跟總是很冷靜的水澤有點難以連結在一起，這句話莫名讓人心頭一熱。

＊＊＊

星期六跟星期日過去，時間來到星期一。

我跟日南開會，那尷尬的氣氛至今未曾有過。

「……看樣子目前不適合出新的課題。」

日南焦慮地摸著頭髮前端，嘴裡小聲說著。

「對啊……比起那個，首先要先想辦法解決小玉玉這邊的問題才行。」

我的話一說完，日南便靜靜地盯著我瞧。

「……算了，就算你做的事情跟我的策略背道而馳，我也沒有權利制止。」

看樣子似乎放棄了，她說話的語氣有點懊惱。

「在說我想要改變小玉玉這檔事吧。」

聽我這麼說，日南點點頭。

「既然花火希望那樣，你也想去幫她，那我就不方便說什麼。我能做的就只有貫徹自己的作風。是這樣對吧？」

「日南……？」

那句話說起來很沉靜，很有日南的風格，但與其說那是平常會有的冷靜沉著，倒不如說這份沉靜彷彿是在壓抑自己的感情，那句話不像是在說給我聽的，聽起來更像是在說服她自己。

「沒關係。只要最後不會輸就行了，事情就是這樣。」

「我說日南，我不太懂妳話裡的意思……」

在那之後，日南自顧自地點點頭，然後筆直看向這邊。

「對了。我們的朝會再來暫時休止吧。下一個課題沒辦法在這種狀況下進行，以你現在跟花火之間的關係，我不該再放入有可能會導致失敗出現的課題。既然沒辦法做些什麼，那至少該把這些時間活用在其他事情上。」

「……我知道了。」

我們的對話沒什麼正向交集，但我好歹還是抓到「朝會暫時休止」這個主旨，點頭附和日南那番話。

「等花火的情況明顯好轉再來繼續開會。到那個時候會再聯絡你，這樣沒問題吧？」

「好，那沒問題……不過。」

說這話的我直視日南。

「——妳可以接受嗎？」

當我說完，日南目不轉睛地凝視我。

「……在說什麼？」

從她的神情看來是真的不知道我在說什麼，日南就說了這麼一句。看起來既像在演戲又像認真的，那表情很微妙，讓我沒辦法看清背後的真意。

「也沒別的意思……就覺得妳最近好像怪怪的？」

被我這麼追問，日南便說——

「沒什麼，是因為朋友被人步步進逼，有點慌亂是正常的吧？」

她用正常的論調帶過，卻像在掩飾。

「……真是那樣就好。」

我用不太能夠接受的語氣說完，接著日南靜靜地站了起來。

「是嗎？那先這樣，晚點見。」

「……好。再見。」

我沒辦法繼續找話挽留她，也沒有相應的對策，這場朝會仍然保有奇妙的寂靜，就這樣草草結束了。

＊　＊　＊

這天紺野欺負人的行為依然持續著。

每節下課時間都會趁機踢桌子，或是說人壞話。她還是在耍那些老手段，但是對此，小玉玉都確實忍下了。雖然還是沒有辦法改善，但為了避免讓班上的人更討厭小玉玉，我們繼續固守目前的防衛陣線。

然而這天，更讓人注目的是——日南奇妙的舉動。

直到上個禮拜為止，日南都在跟泉和中村接觸，這次卻定期去找其中一個紺野集團的成員，印象中名字好像叫做……秋山。每當到了下課時間，日南就會去跟紺野的其中一個跟班接觸。

也沒有刻意隱瞞，她會自然而然跟秋山定期談笑。在這之前都沒有看過她做出這麼奇妙的行為。

雖然沒辦法徹底掌握全貌，但日南果然有她自己的盤算吧。既然我們共同的目的都是「幫助小玉玉」，我想她應該不至於對我們不利——但是誠如在朝會上得知的那樣，我跟日南的做法恰恰相反。她有可能在實施對策，目的是「不去改變小玉玉」。

另外我總覺得，日南之前不曾表現出那麼消沉的樣子。所以會覺得可以容許我稍微擔心她一下，身為徒弟會想稍微盡一下這份心。只是一點點。

……有鑒於此，我要稍微試著深入探查一下。

話雖如此，直接去跟日南詢問作戰計畫，她也不會告訴我吧，因此我要用其他的方式問出來。

「……泉。」

現在是第五節的休息時間。下課時間一到，我就去找隔壁的泉攀談。這個時間點應該不會受到日南監視，我迅速又自然地跟人交談。這是占盡地利之便的超輕鬆戰鬥。若是對自己有利，就要厚著臉皮利用對自己有利的東西，那才像 nanashi 的作風。

「嗯——？什麼事？」

感到錯愕的泉邊說話邊轉頭看這邊。還是跟往常一樣，那是一張打扮像辣妹的可愛臉龐，有雙圓圓的大眼，讓人很有親切感。可是她的表情好像比平常還要疲憊，是受班上的狀況影響嗎？

「有件事情想問妳……是關於日南的。」

「嗯？關於葵的？」

上個禮拜日南沒有去找秋山，而是跟泉和中村積極接觸。撇除他們這群人原本關係就不錯這點，在那個時間點上接觸次數明顯增加，日南很有可能是在為什麼事情鋪路。如此一來，她目前在跟秋山接觸恐怕也是其中一環，會那麼做是去找泉和中村鋪路的延續吧。去他們兩人那邊打點完畢後，再把得到的成果用在秋山身上。雖然不曉得具體而言是什麼，但兩者之間應該是連貫的。畢竟那傢伙可是NO NAME。

「想問一下，上個禮拜妳常常跟日南說話對吧？」

被我這麼一問，泉更是錯愕地睜大眼睛。好吧這個問題很怪。

「嗯？是有跟她說話……」

那眼神有點狐疑。別、別這樣，別用那種眼神看我。那會變成一種精神攻擊。

雖然我已經獲得技能了，但身上的裝甲還是紙糊的。

「也沒什麼，該怎麼說……畢竟現在的情況不同以往嘛，所以就好奇日南會不會說些平常不會說的話。像是跟小玉玉和紺野有關的。」

「啊——……」

當我更具體地詢問，泉便若有所思地發出聲音。

「現在情況不樂觀呢……」

「……是啊。」

「雖然不曉得她說那些是不是很反常……可是日南要我盡量別跟修二待在一起。」

「……別跟中村一起？」

泉說了一聲「嗯」並點點頭。

「我能夠做的也不多，所以就去找葵商量，看看有沒有什麼是我能幫上忙的，結果她要我那麼做。」

「啊——……原來如此。」

「她要我盡量別惹紺野不快。」

好吧，就算已經知道雙方在交往好了，一旦目擊這對情侶溺在一起，還是會對紺野造成壓力吧。

「原來是這樣，那樣算是滿合理的。」

「嗯，所以我也應允了。我原本就打算盡可能觀望繪里香的反應，若有我能做的，也想盡份心力。雖然修二說『那什麼鬼？』，看起來有點不高興，但最後還是說

『算了無所謂』。」

泉邊說邊偷笑。想像那個畫面，我也覺得有點可笑。原來中村當時有點不高興啊。一方面可能是不爽人家插嘴干涉，但是不能跟泉在一起才不高興，這件事情有點有趣。而且還沒有把這件事情說出來，最後只說「算了無所謂」，真有中村的風格。

「所以說，最近為了讓他的心情變好，我有編東西給他。」

這時泉得意洋洋地說了這句話。

「不、不是吧……那樣就能讓中村高興？」

「這、這應該是我一廂情願……那個——親手編一些東西送給男朋友，這件事一直讓我很憧憬……」

泉說到「男朋友」這個字眼的時候，感覺非常害羞，聲音越來越小。喂喂。我可是學會捉弄人了，泉妳這個破綻未免太大了吧。

「……拜託妳別不顧旁人說那種話又自己在那邊害羞啦。」

為了讓場面不要這麼尷尬，我說那種話調侃她，結果泉的臉馬上變紅。

「我、我才沒有害羞！」

「哦——是嗎？」

看我露出苦笑，泉似乎打算轉移話題，她說「你好煩喔！那個——我們不是在講葵的事嗎！」臉上表情變來變去。嗯，還真是表情豐富啊。

「對喔。那還有其他的嗎？」

聽我這樣問，在「唔——嗯」一聲後，泉若有所思地嘛嘴。

「……話說要找不對勁的地方，大概就只有剛才說的那個吧。」

「啊——這樣啊……既然如此，看樣子她也不算太反常。」

嗯。原來去跟泉他們接觸是為了「減少對紺野的刺激」。日南的目的大概是想打下基礎，以免情況更加惡化。等基礎打好了再去秋山那邊斡旋吧。這樣看來，還是找不到線索去推測日南想做什麼。

「嗯。其實我也很想幫點忙，但是我出面直接去跟繪里香說可能會造成反效果，實在很難辦……」

「也對……確實是那樣。」

泉跟中村開始交往讓紺野不開心，之後引發的一連串事件應該都是從這裡開始的。既然如此，比起沒有直接關聯的我、日南和水澤，泉果然更難採取行動。

「……是說這是怎麼了？又來打聽消息？」

此時泉帶著有些無奈的笑容開口。嗯，也難怪她會這麼想。之前要執行讓紺野提起幹勁的作戰計畫時，我也突然像這樣過來跟人打探消息，泉就如剛才那般跟我說了一些事情。

「呃——算是吧。最近班上的情況很惡劣，覺得日南看起來也有點怪怪的。」

當我避重就輕說完，保持沉默的泉輕輕地點了兩下頭。

「話說最近的葵……表情確實有點僵硬。」

「咦？」

雖然是我起頭的，但看到泉也認同，讓我感到驚訝。

「就算是葵，面對這樣的情況，可能也有點難以處理吧……」

「……或許是吧。」

我對著泉點點頭，同時避免讓她發現自己感到驚訝。我知道日南的本性，也知道她部分的真實心聲，但其他人並非如此，而日南的疲態居然被這樣的人看穿，我想那還是頭一遭。又或者是在這種情況下，還是表現得像平常一樣太過不自然，所以對外才刻意那樣表現也說不定。

「這個嘛……所以說，才想稍微深入打聽一下。」

就像這樣，我解釋自己為什麼要來打聽，這時泉開始煩惱地「唔──嗯」一聲。

「這樣啊。的確是──嗯。我想想……還有沒有其他奇怪的地方。」

泉真誠地面對我的話，拚命探索自己的記憶。用一隻手按住頭，眼睛用力閉著。彷彿聽見腦袋在冒煙的聲音。這樣下去可能會過熱，搞不好還會從腦袋掉出彈簧。

「泉……」

「啊！」

我的話才講到一半，就在那瞬間泉似乎想到什麼了，她突然吐出一句話。

「葵要我連假日都盡量別跟修二在一起，這點讓人有點意外呢！」

「……連假日都要分開？」

泉點點頭。

「她說可能會碰到繪里香。說這種話有點不像葵，我在想她是不是被逼急了……」

「啊——……」

的確，如果是住在埼玉的高中生，能夠去的地方似乎不多。所以我懂日南希望他們假日也盡量別在一起的這份心。但有必要警戒到這種程度？這部分有點微妙。強迫其他人去做這種事情，這樣的想法有點不像日南會有的。

但看樣子出這招似乎也是為了打好基礎，以免對紺野施加更多壓力。還是不清楚日南背地裡想做什麼。

「那樣確實有點奇怪。」

「對吧……她果然是被逼急了吧。」

「……或許是吧。」

我點點頭。雖然還不清楚日南想做什麼，但還是能夠感受到她已經沒什麼退路，要狗急跳牆了。

泉用認真的表情看著我的臉，最後似乎下定了什麼決心，後面接上那句話。

「嗯。我現在能做的事情不多……我也會盡量觀察葵那邊的情況。」

「……這樣啊。」

之前要幫忙平林同學的時候，泉會利用休息時間去找她說話，變成她的心靈支柱，但這次那個角色是讓深實實或日南扮演。處在這樣的情況下，即便自己能做的不多，泉還是找到自己能扮演的角色，去暗中支持平常都很強大的日南。這樣果然很像泉，柔中帶剛。

「感謝妳大力協助。那些值得參考。」

「是嗎？太好了！」

接著泉開朗地揮揮手說「那先到這邊吧！」，接著過去找紺野那群人。

＊　＊　＊

這天放學後。

我、小玉玉和水澤先去集合，等竹井過來。竹井參加的足球社練習好像會多拖一些時間，聽說等練習結束就會過來。

「接下來，今天就要來做突破隔閡的練習，也要學著跟竹井打成一片。」

「竹井……」

小玉玉用緊張的語氣喃喃自語，察覺這點的水澤露出柔和笑容。

「別緊張，那個傢伙是笨蛋，用不著這麼緊繃啦。而且他的某些地方也跟小玉很像。」

「咦，怎麼這樣！我們才不像！」

只見小玉玉厭惡至極地皺起眉頭，大力否認。竹井好可憐。好，那我也來試著幫腔。

「不，我覺得你們很像。」

「連友崎都這麼說!?」

看小玉玉開始慌亂起來，水澤又去安撫她。

「別這樣，其實你們真的很像。只會去做自己想做的事，總是很率真。」

「啊——……」了一聲，小玉玉若有所思地垂下眼眸。「唔——嗯，或許是吧。」

接著她換用非常不滿的表情看著水澤。就像在說她雖然不甘願卻不得不承認。

有鑒於此，我試著針對這點吐槽。帶著揶揄的語氣開口。不忘去學習近在眼前的範本語氣。

「哦，妳這麼討厭跟竹井有相似之處啊？」

「咦，因為……對方可是竹井。」

小玉玉說得理所當然，看她對竹井這麼過分，我跟水澤相視而笑。水澤說「好吧不能怪她」。

「這麼說來，那竹井跟友崎也很像！」

「啊，被發現了？」

我說這話的時候露出半開玩笑的笑容，小玉玉接在後面發話，抱持僅存的希望。

「就是說啊！友崎也一樣！跟他一樣！」

看到這副模樣，水澤玩味地笑了出來。

「用這招拖人下水是怎樣。」

「因、因為！」

我們就這樣聊著，把竹井推來推去，這時我腦中浮現一個疑問。跟小玉玉對話的時候也有這個疑問，感覺好像會跟今後的攻略計畫有關。只有我跟小玉玉無法解決那個疑問。

「對了，水澤。」

「嗯？怎麼了？」

基於那樣的考量，我試著將這個疑問丟給水澤。既然跟小玉玉討論不出所以然來，那就找水澤三人一起討論，搞不好會有新發現。這幾天我有了親身體會，知道跟人討論來讓想法變得更深入有多重要。

「我們在說小玉跟竹井很像嘛，還順便把我扯進來。」

「是啊。」

水澤點點頭。

「不過，好比是竹井好了，他從一開始就是班上的核心人物，而我最近也能夠跟中村正常對談了，但小玉玉這邊該怎麼說呢？感覺她在這方面就是不順利。」

「算是吧。」

「那最主要的原因是什麼呢？」

對。我、竹井和小玉玉在溝通上有個共同的特徵，就是「會把心裡想的原封不動說出來」。那會變成「最近在班上很囂張的討人厭同學」，還是會變成「班上同學都愛的呆萌人士」，又或者是變成「不懂得察言觀色、很難跟大家打成一片的人」？我不明白是什麼造成這樣的差異。

如果是我，散發出來的氣質原本就很糟糕，所以沒辦法變成像竹井那樣，但就算是這樣好了，來看小玉玉的表情、姿態和發音，不管哪個都是現充會有的表現。照理說她擁有的數值和潛在能力相較於竹井應該沒有太大落差才對。

當然小玉玉是有跟人容易產生隔閡的一面，但說起小玉玉會跟水澤、竹井和中村產生隔閡，那都是跟竹井類似的「想到什麼說什麼」這種性格與中村犯沖，然後雙方才起衝突導致的。

這種性格套用在竹井身上就變成好的，拿去用在小玉玉身上卻會扣分。原因是什麼？就是這點讓我不明白。

我覺得找出那個原因就有機會讓小玉玉跟班上同學搭上線。

這時水澤佩服地嘆了一口氣。

「那的確是一大重點。文也有的時候果然很敏銳。」

「是、是嗎？」

水澤常常會不經意誇獎人，我說這話的時候有點害臊。如果我是女的，搞不好會淪陷。

「總之這之中有許多不同。像是說話方式，角色特性是否深入人心。」

「喔喔……原來如此。」

被他這麼一說，我想起一些事情。剛才水澤整理出兩大要素，剛好跟至今為止的經驗和觀察結果不謀而合。

關於說話方式，平常我就很注重語氣，所以知道那有多重要。竹井說話的時候莫名開朗，聽起來完全沒有惡意，就算跟水澤和日南相比也毫不遜色吧。

而比起那個，我能夠具體掌握一些概念的是這句話——角色特性是否深入人心。

「角色特性是否深入人心，這點確實很重要呢。」

「喔，你掌握到什麼了？」

水澤說這句話時又露出期待的表情，於是我再次嘗試將自己的想法確實說出。

就讓我們來交換意見吧。

「舉個例子，這陣子我們不是曾經投票表決球技大賽的比賽項目嗎？那讓我想到一件事情。」

「決定比賽項目？」

「對。」

在此同時，我一面回想當時的情景。

「竹井當上司儀後，他在主持的時候不是一直自顧自說話嗎？大力主張自己想要的，最後還說『唔哇——怎麼不是足球』之類的。但大家還是當他『有夠蠢的——』，最後接受他了。」

「哈哈哈。也是，畢竟那傢伙就是這樣。」

水澤看似愉悅地瞇起眼睛。

「……可是一碰到小玉玉，情況就有點不同了。」

當我說完，小玉玉就用錯愕的眼神看我。

「我？」

我點點頭。

「來回顧一下，印象中小玉玉在決定女生的比賽項目時，有提出要比排球對吧。後來必須說選這個項目的理由……妳就說『因為我想比這個』那類的。」

「啊——！是說過沒錯！虧你還記得，文也。」

「大、大概有印象。」

這是因為我當時拚命觀察班上的情況。

「嗯，我有說過這樣的話。」

小玉玉也給出肯定答覆。

「是啊。可是小玉玉妳當時那麼說……」

我若有所思地頓了一會兒。

「那麼說是指？」

水澤催促我把話說完。小玉玉則是默默等我開口。

我在他們兩人之間交互張望，然後整理自己的想法，緩緩說著。

「我在想，妳說的話本身跟竹井走相同路線。」

我的話一說完，水澤立刻恍然大悟地點點頭。

「對，確實是這樣。一個是想要比足球，另一個是想要比排球，都只是在強調自己的看法。」

「沒錯沒錯！」

水澤的理解力果然很強。甚至有種先我一步，在前方等我的感覺。

這時水澤呵呵笑，轉眼看著小玉玉。

「小玉果然跟竹井很像？」

「一直講這個好煩喔！」

水澤馬上就開始捉弄人，再加上被人捉弄卻不忘大力指正的小玉玉。然後我在觀望這場高速對話。嗯。小玉玉果然很有潛力。在說明自己想法的我很難插話。我重新振作起來，繼續把話說下去。

「那接下來。雖然你們說一樣的話……但是換成小玉玉，當時差點把氣氛弄得有點奇怪。」

這話一說完，小玉玉跟著點點頭。

「嗯。我也有印象。後來是深深救我的。」

水澤說完「的確」也隨之頷首。

確定他們兩人都認同我的看法後，我再次開口。

「我想一方面的原因可能是出在說話方式上……但更重要的是竹井在角色定位上很深入人心，大概是這樣吧。」

待我說明完畢，水澤頗有同感地點了好幾次頭。

「嗯。確實能夠這樣解釋。」

「是、是嗎？」

有水澤背書，我不由得鬆了一口氣。

「話說到這，我以前也曾經有過類似的想法。」

在那之後，水澤聽完我的話似乎想到別的事情。喔喔，我們的談論漸入佳境了。

「……類似的想法？」

「其實就是——？」

水澤說的話就像在賣關子，他沒有一次說完，我吞了一口口水，完全被他吸引過去。仔細看會發現小玉玉也盯著水澤看。這傢伙還是老樣子，很擅長用這種話術。讓人覺得要有自信才能使出那種技能。

在我們二人的注目下，水澤隔了好長一段時間才開口。

「到頭來重點還是──可不可愛。」

他說話的時候，臉上表情充滿自信。

「呃──可不可愛？」

我大概能夠明白他想說的，但卻沒有完全搞清楚。因此我乖乖等待水澤解釋。

「你們想想看，說穿了竹井就是讓人討厭不起來，感覺很可愛對吧？這樣的角色特性能夠讓人接受。」

「的確是。」

「可是換成小玉，她有的時候會稍微板著臉，看起來不怎麼可愛。說到所謂的可愛。臉可不可愛其實是另一回事。」

我一面點頭一面插嘴，說出臨時想到的玩笑話。

「若是要說臉，竹井一點都不可愛。」

「哈哈哈。沒錯就是這樣。」

我們兩個人稍微笑一陣子，這個時候小玉玉從旁插話。

「我好像能明白你的意思……但我就是不擅長那方面的事情。」

她臉上的表情有些不安。是因為被人指出自己不足的地方，而她也有自覺嗎？帶著這樣的表情，小玉玉繼續說了一些話。

「該怎麼做才能變可愛？」

雖然是很單純的問題，但我覺得這個問題很難。可愛用文字表達很容易，但內容非常抽象，要具體捕捉得費很大的功夫。

然而水澤跳出來接話，臉上還是一如既往掛著涼涼的表情。

「對，重點就是這個。這是我幾經思考後得出的重點。」

「究竟要怎麼做才能變可愛？」

小玉玉再次反問，水澤依然帶著涼涼的表情，他點點頭。

「簡單來講所謂的可愛——就是要創造出前後一致的破綻。」

「前後一致的破綻？」

在我反問之後，水澤說著「這個嘛——」並輕輕地點頭。

「你們看，我們周遭不是有隻怪物，包裝自己的功力世界第一？」

「好、好像有。」

水澤說這番話表示他已經發現日南私底下的那一面，讓我有點提心吊膽。這是因為可不能讓小玉玉發現那件事。

「在說葵嗎？」

「噗呼！」

我原本還在擔心，沒想到小玉玉自行戳破。

「是啊。就是葵。」

「水澤這樣不行啦……」

「嗯。葵很厲害。」

「喔喔……」

事情就是這樣，對方似乎也沒有刻意去深究背後的意思，只說了一句「好厲害」就完了。是我反應過度了嗎？好吧，很會包裝不等於私底下嘴巴很壞。嗯。

「葵樣樣都在行，又喜歡出頭，照常理來想就算討人厭也不奇怪吧？但是她也有可愛的一面，讓大家喜歡。」

「也是，說得對。」

我把心思拉回來，一面點頭。私底下的那一面姑且不論，那傢伙的表面形象確實如水澤所說。明明完美卻又有些可愛之處，那樣似乎就變得更完美了。

小玉玉也頗感認同地點著頭。

「葵確實給人那種感覺。」

看我們兩個人都認同，水澤繼續說明。

「以前我想過其中的原因。後來，想來想去發現……八成是因為葵巧妙製造出一貫的破綻。」

「呃──日南身上有一貫的破綻？」

被我這樣反問，水澤也不一次講白，他稍微停留一會兒，之後才開口。

「就好比是——她對起司過於喜愛。」

「啊——」

話說到這邊，我已經有點明白了。

「那傢伙平常不太會展現自己的慾望和弱點，但是一扯到起司就會變得有點誇張對吧。裝作天真無邪並顯露出自己的慾望，這就會變成顯而易見的破綻。」

我邊回想邊點頭。關於這部分，她確實渾身破綻。

「這麼說也對。那樣就好像內心讓人看透一樣。」

這時水澤笑著說「就是這樣」。

「因為這個特點是一貫的，就會慢慢滲透人心，現在那傢伙只要一提起起司，其他人就會覺得『她又來了』對吧？像這樣讓人覺得『又來了』，那種狀態應該就是所謂的角色形象深入人心，讓人感覺可愛。」

「……原來如此。」

這話聽起來特別有說服力。而日南也實踐這點，讓它變得顯而易見，感覺就更有說服力了。因為那傢伙很有有可能真的去分析要怎麼做才能變可愛，然後身體力行。不過她多半是真的喜歡起司，只是有一半是出於刻意，用誇張的方式表現。

我正感到佩服，小玉玉便深感興趣地對水澤提出疑問。

「好厲害喔。水澤，你常像這樣深入思考嗎？」

「咦？唔——嗯，天曉得。應該只是誤打誤撞猜到吧？」

水澤邊說邊「啊」了一聲，似乎突然注意到什麼，結果就被小玉玉用手指大力指責。

「只是偶然，這句話我已經聽膩了！」

「啊，穿幫了嗎？」

後來他們兩個人都笑了出來。嗯。兩人關係變好真是太好了。

但就如剛才小玉玉所說，為何水澤會想得如此深入。稍微想了一下，我想到其中一個理由。那是因為水澤對日南……話說這樣就認定他因此才深入思考，那樣未免太先入為主了。雖然感覺很像是為了追到日南才去做的分析。

我才想到一半，水澤再次開口。

「那我們把話題拉回來，竹井那傢伙可以說是從頭到尾都一身破綻對吧？」

「咦？對、對對，就是那樣。」

我正在想奇怪的事情，這個時候突然有人出聲殺我個措手不及，我回話的時候有點被嚇到。

不過我很清楚他想說的。

的確，竹井就是從頭到尾都帶著破綻的代表人物。俗話說人體有七成都是水分，那說竹井身上剩下三成都是破綻組成也不為過吧。而事實上就是這部分讓人覺得「他又來了」，因此讓人感到可愛，大家才會喜歡他。原來如此。

「但是，葵是知道其中的奧妙才那麼做的嗎？」

這時歪著頭的小玉玉說出這番話。

我的心又跳了一下。必須隱瞞那傢伙的真面目才行，該怎麼掩飾才好……想到這邊，先開口的人是水澤。

「不知道，又有誰能說的準呢？但不管怎麼說都很有參考價值吧？」

他說完就朝我這邊偷看一眼。還送上壞笑，像是在面對共犯。

「也、也對。」

我故作鎮定並點點頭。

水澤果然發現日南的真面目，而且也知道我清楚這點，這才幫忙我矇騙小玉玉。可怕可怕。只不過，若要給他一個忠告，我會說那傢伙的真面目比你想的還要深奧幾十倍以上。就連我都還沒摸清底細。

這時小玉玉臉上掛著認真的表情，眼睛看著斜下方，嘴裡喃喃自語。

「要做出破綻啊……」

她為難地擺著苦瓜臉。

「是啊。小玉果然意外的沒有破綻對吧？」

「嗯……好像是。」

只見小玉玉點了點頭。我也認同。

看她的外表會聯想到小動物，跟這種感覺相反，她一方面不願扭曲自我，同時也總是表現出正經八百的樣子。雖然老是跟深實實待在一起，但是有破綻又會耍笨的人是深實實，小玉玉則是負責吐槽。

「所以只要針對這部分巧妙製造顯而易見的破綻，再讓那種破綻深入人心，那應該就能展現可愛的感覺了。妳原本就因為身材嬌小才被人叫『小玉』，是有機會展現破綻的，就看妳怎麼運用了。」

仔細想想會發現這確實是最有可能解決問題的對策。

「看樣子值得嘗試。」

我邊說邊看向小玉玉。

發現我在看她，小玉玉用直率的目光在我跟水澤之間來回看視。看起來有點怯弱，但鬥志更加高昂，那是很勇敢的目光。

之後她再一次緩緩開口，看起來似乎下定了什麼決心。

「——嗯。我要試試看。」

就這樣，小玉玉又向前踏進一步。

她再一次下定決心要逐漸改變自己，水澤看了對她露出溫和的笑容。

「很好。既然決定了，我們就來特訓吧。」

「說得對。」我也放心地笑了。「可是具體而言，要怎麼製造破綻？」

當我問完，水澤的手就搭在下巴上。

「唔——嗯……方法是有不少。」

就在這個時候，走廊那邊傳來慌亂又亂七八糟的腳步聲。水澤聽了露出一抹笑容，話繼續說下去。

「就選那招吧。關於這方面——」

「抱歉——！我遲到了〜〜〜！」

從走廊上跑過來的竹井沒有減速直接衝進教室，門附近有張桌子，他的大腿根部用力撞上桌腳。

「好痛喔！」

接著他大聲發出悲鳴。

水澤看了拿他沒轍地笑了出來，竹井按住腳向前彎，水澤拍拍他的肩膀。

「關於這方面的事情——就跟這傢伙學習吧。」

得意地說完這句話，水澤補上一句「雖然是將就用」，接著就笑了。

「咦——！怎麼了在說什麼⁉」

就只有竹井一人在狀況外，而且毫無戒心將這點表露無遺，這傢伙「又來了」，渾身都是破綻。

「這麼做……確實是最合適的。」

「什麼什麼〜⁉什麼最合適⁉」

竹井這充滿氣勢的提問被大家無視，讓小玉玉「培養可愛度」的作戰計畫就此展開。

3 村民一定也有他們自己的生活

「對了小玉，妳還好吧!?對不起～沒能幫上什麼忙！」
「不會，沒關係。謝謝你。」
「雖然想去阻止，但是完全拿不出勇氣！」
「啊哈哈。因為紺野很恐怖嘛。」
「就是說啊～～～！」
自從竹井來到教室，時間已經過了幾分鐘。除了要小玉玉學習「裝可愛」，還要訓練她突破跟人接觸的第一道屏障。於是我們先讓小玉玉去跟竹井一對一會話，我跟水澤在旁邊默默地看著。
眼下情況明顯不自然，但水澤說「希望你能用與生俱來的開朗特質去鼓勵小玉」，竹井也不疑有他地接受了，到目前為止，一切都進展順利。竹井幹得好。竹井真好使喚。
還有一件事，我要小玉玉用我給她的錄音筆把對話錄下來，等對話結束再聽。去比較自己跟竹井說話的語氣，用客觀的眼光確認有哪裡不同。
「繪里香一旦生氣就會持續很久！所以我認為小玉並沒有錯喔！」

「這樣啊，謝謝你，竹井。」

「不用跟我道謝，應該是我要道歉才對～！」

「啊哈哈。我知道啦。」

是因為小玉玉跟竹井果然很相像嗎？還是竹井實在太白痴了？他們兩個的對話看起來還滿契合的。

至於我跟水澤都不講話默默觀察可以派上什麼用場——那就是要從兩個人的對話找出竹井是怎麼創造「破綻」的，還有小玉玉能夠如何運用。

「文也，你怎麼看？」

水澤的臉依然面向小玉玉他們那邊，跟我說話的時候只有眼神對過來。從這個角度看會發現水澤的鼻梁好挺，下巴的弧度也很漂亮，斜眼看人實在跟他太搭了，讓帥氣度增加三成。髮型也很帥氣，去美容院都會看到一些髮型雜誌，他就好像那裡面的人一樣，戰鬥力未免太高了。相較之下我就……我努力隱忍，以免自己朝那個方向想，同時一面回話。我要樂觀積極，對自己有自信。

「嗯——這樣觀察下來會覺得說到竹井的破綻，果然還是在於會把真心話全盤托出吧。」

「也是，這部分確實特別明顯。」

「但要說徹底吐露真心話，小玉玉也跟他一樣吧……」

「是啊。那跟小玉的不同之處果然還是那個，就是他愚蠢的說話方式和表情？」

就像這樣，我們把彼此發現的事情說出來，來探尋只有自己一個人無法看見的角度。水澤腦筋轉得快，而且又具備現充才有的觀點，是非常可靠的夥伴，我對於進行自己獨到的分析並非毫無自信，但總覺得兩個人同心協力才能找出可以改善狀況的策略。

我一面思考，想在思考過程中同步傳達，便直接將那些轉變成言語。

「唔——嗯，說話方式明顯不同呢……總之，若是小玉玉也能像竹井那樣講話，她就可以創造破綻，這應該是最簡單的方法。如果是小玉玉，只要她想重現應該就能辦到。」

我邊說邊回想展開特訓的第一天，進行「只用母音說話的特訓」時，小玉玉是怎麼改變說話方式的。既然她能夠表現出那麼白痴的感覺，想要像竹井那樣用明朗的語氣講話，只要有心應該能夠辦到。

「也對——在不會顯得突兀的範圍內抄襲，那樣或許不錯。小玉玉突然用那種方式講話會讓人擔心，所以要控制在不會讓人感到奇怪的範圍內。」

「確實是那樣沒錯。」

想到小玉玉蠢力全開說話的樣子，我差點笑出來，我同意水澤的看法。若是大家看見豎起大拇指，嘴裡說出「好喔！」的小玉玉，確實會非常擔心吧。

這時水澤笑著說「對吧」，然後目光放到小玉玉和竹井那邊。

「這就當成是給小玉的其中一個課題……其他還有什麼呢。」

「唔──嗯──……」

後來我們兩個人又陷入沉默，一直在觀察小玉玉和竹井的對話。

「但並非完全沒有人站在小玉這邊喔！」

「嗯。剛才談過之後已經發現竹井也願意站在我這邊了，讓我有點放心。」

「對吧對吧!?還有美佳也說最近繪里香做得有點太過火了！」

「那個──美佳是誰？」

「就是美佳啊，美佳！跟繪里香很要好的秋山美佳！」

「我想想，是秋山同學吧？留短頭髮的女孩子？」

「沒錯沒錯！所以說，並不是所有人都跟妳對立！」

比起去聽那些話來分析，剛才那段對話的內容更是讓我有點驚訝。原來紺野的夥伴有說「最近繪里香做得有點太過火了」？我不禁看向水澤。

「秋山……她是紺野的跟班吧？」

印象中好像是日南從這個禮拜開始接觸的同學。

「嗯，好像是。」水澤邊說邊苦笑。「但你說『跟班』，這樣講還真直接？」

「啊……對喔。」

當我私底下針對這個問題思考的時候、跟日南討論的時候，一直以來統統都是用「跟班」來稱呼的，所以一不小心就說了。不過照常理來講，就算在我看來這個人很像「跟班」好了，從那個集團的內部看來，會覺得這個人是屬於集團的一分子吧。我那樣定義好像太隨便了。

「可以說是跟班，那個——大概也可以說是夥伴吧。」

「好，我知道了。然後呢？」

呵呵笑的水澤出聲回應。雖然感到尷尬，但我還是繼續把話說下去。

「呃——那個叫做秋山的女孩是不是討厭紺野？」

這話一說完，水澤就稍微想了一下。

「該說她討厭紺野嗎……在紺野那幫人之中，美佳是被紺野欺負得最嚴重的。」

「被欺負？」

聽我反問，水澤點點頭說「是啊」。

「不是都會有那種事嗎？在一個集團之中會有階級關係。在紺野那幫人裡頭，紺野是最大的，剩下的人大概都在看她臉色吧。」

「這麼說也是，差不多是那樣吧。」

她們之間的關係，旁人看了也能理解。

「而在那些人之中，紺野最喜歡把麻煩事推給美佳……她背地裡好像都會抱怨。」

「原來如此……」

「照平常的情況看來，紺野大概都在逼美佳去弄斷自動筆的筆芯，或是弄壞原子筆，要她去用這種方式找碴。」

「原、原來是這樣？」

「對。所以說她們之間不可能是真的感情好，都沒有半點芥蒂。」

這番話不難理解。看在旁人眼裡也會發現那個集團中地位最高的是女王，表面上順從，私底下卻在抱怨，想必那也是很正常的事情吧。不難想像在這個集團之中，立場最薄弱的人往往會被迫接受骯髒差事，但又不得不遵從。這個時候日南又去跟她接觸，讓人聞到些許煙硝味。

不過，若是這樣，或許能夠從此處找到突破口。

「也就是說，如果紺野繼續像那樣去找小玉玉麻煩，她有可能被自己的集團孤立，在班上的立場也會越來越尷尬不是嗎？而那也是讓班上氛圍變詭異的主因，大家本來就討厭這樣了。」

當我說完，嘴裡「唔──嗯」一聲的水澤皺起眉頭。

「如果繼續用很自然的方式進行下去，應該不至於。」

「咦，是這樣嗎？」

像紺野那樣旁若無人地為所欲為，應該會遭到反撲才對。我是不是遺漏什麼要素了？

「總覺得紺野很會掌握這方面的平衡，足以讓她維持自己的地位。知道要如何調配，這樣就算有人不爽她也不至於反抗，好比對平常隨意使喚的秋山，只有她們幾個人的時候又會對她很好。」

「懂得掌握平衡……」

「沒錯就是那樣——你看，就算是去欺負小玉好了，她也沒有做得太明顯對吧？」

「……的確。」

被他這麼一說，我也有同感。

「確實是那樣，感覺她總是在做小動作，會讓人解讀成巧合。」

水澤跟著點點頭。

「那樣八成就不至於讓其他人覺得『夏林同學實在太可憐了』。所以說，這樣講有點過分，但小玉原本就跟班上的人有點格格不入。當事情演變成現在這樣，同學就容易認為『只是一點小事情，她這樣反抗未免反應過度？』。」

正在回想班上狀況的我咬住嘴唇。

「目前情況確實是那樣……」

「總之，紺野很會操弄這類型的政治手段。」

政治是嗎？

「也就是說紺野……做那些事情都是經過精密計算吧。」

「應該是。不過，那傢伙是不至於都沒花心思安排。雖然有部分行為可能是出於本能吧。」

「原來是這樣……」

紺野做那些事情很像受情感左右，可是在水澤看來，似乎沒這麼簡單。不過話又說回來，的確有道理，既然紺野能夠像那樣一直維持自己在集團中的地位，那解釋成她擁有某種才能，這是其他人沒有的，這樣會更合理。套用在紺野身上，就是很會耍政治手段和掌握平衡性。

「換句話說……放著不管也不會讓事情好轉。」

總之我們得出結論「情況並不樂觀」，但能夠掌握主導現況的規律更是重要。

這時水澤瞇著眼睛看小玉玉和竹井。

「那你覺得這兩個人怎樣？」

「是在說除了說話方式，其他還有什麼不同之處吧。」

「就是這個意思——」

我也朝小玉玉他們那邊看過去，再次觀察這兩個人。

「還有優子也很擔心你～！」

「你說優子？」

「是上田啦，上田優子！她說小玉明明就沒錯～！」

「……這樣啊。嗯，謝謝你們。」

這些閒聊又是要來鼓勵小玉玉的。竹井的說話方式充滿破綻，這點特別引人注目。

一邊聽著，我跟水澤又開始討論。

「我覺得小玉還是別光顧著說自己的想法，說話時多加點喜怒哀樂會比較好。」

這話水澤是用認真的語氣說的。

「……或許是。」

我點點頭。

然而這個時候，我又發現一件事情。

那就存在於剛才的對話中。或許那個要素也包含在之前的對話裡。

在這些對話之中，除了說話語氣的不同，我覺得還有一點值得注意。

「對了，水澤。」

「嗯？」

水澤朝我督了一眼。

「也許你已經注意到了。我發現小玉玉為什麼不能跟大家打成一片。」

「噢，真的？」

說這話的時候，水澤雙眼發光。

「嗯，真的。」

靜靜地，我帶著自信頷首。

這已經不是直覺了，而是確切的預感。應該說幾乎可以確定。

這是因為——我也是如此。

我從桌子那邊站起，目光放到小玉玉身上。

「小玉玉，可以借點時間嗎？」

聽到我叫她，小玉玉轉頭看這邊，朝我這走近幾步。

「嗯？看出什麼了嗎？」

「對。文也好像發現什麼了，他看出小玉沒辦法順利突破難關的理由是什麼。」

「咦～!?怎麼了，在說什麼～!?」

竹井從小玉玉背後用天真無邪的聲音說著，我們除了把他當空氣，同時繼續讓話題延續。抱歉竹井。我們要講重要的事情，竹井請你諒解。

「那個……因為我一直以來也是這樣，所以能夠明白。」

我至今都處在灰暗的世界裡，所以才能理解，才能猜到那個理由。

「嗯……是什麼？」

若是要跟人相處，那理由肯定會變成比技能、技巧重要許多的關鍵要素。

「其實小玉玉——」

與我自己不久之前的心境重疊對照，同時我說出那句話。

「小玉玉妳對班上同學都沒興趣吧？」

話一說完，只見小玉玉閉上嘴巴，用驚訝的表情抬頭盯著我看。水澤則是眨眨眼睛，一直看著我的臉。

「文也，那是什麼意思……」

「嗯，老實說沒什麼興趣。」

水澤正打算探尋我那番話背後的真意，小玉玉卻打斷他的話，承認我說得沒錯。這讓水澤用更加困惑的表情看我。

不過，果然被我料中了。

「……問題果然是出在這嗎？」

這時我「呼——」地吐了一口氣。

對。在剛才那些對話中，同樣的橋段出現好幾次。竹井在談話時提到班上同學的名字，但是小玉玉只聽名字卻想不到是誰——這是很典型的對話。

「你說問題果然出在這，那是指？」

水澤用試探性的目光望著我。那眼神很認真，看起來已經發現我確定某件事了。

因此，為了讓人判斷我確定原因出在這是否真是如此，一方面也想從中取得新的意見，我開始解釋自己的用意。

「真要說起來就是……自己的經驗談。」

「喔。」

我邊說邊回想暑假發生的事情。

「水澤跟小玉玉都知道了，最近我為了改變自己，做過一些努力。像是去練習怎麼說話，怎麼裝出一些表情。」

「嗯。」

小玉玉聽我說話的時候，一直看著我的眼睛。至於從剛才開始就被人扔在一旁的竹井，他則是呆呆地張著嘴，用呆愣的模樣看著我們三人。

「可是開始練習前，我對那種事情一點興趣也沒有，反而覺得人生就是一場糞GAME，盡心盡力去過也沒意義，還擅自認定拚命過生活的現充都很無聊。」

「哈哈哈。原來是這樣？」

水澤看上去有點傻眼，但又有些愉快地笑著。

「對。當時的我非常乖僻。」

「是喔——好吧，確實是那樣，不對，剛開始甚至連班上有沒有你這號人物都不曉得呢。」

「嗚……」

即便被人說中痛處感到心痛，我還是繼續說著。

「好、好吧，然後呢，既然覺得大家都很無趣，我當然不會對班上同學有興趣，甚至覺得班上同學吵架是『跟自己無關的另一個世界』……不過，因為一點契機讓我想要嘗試改變自己，就開始練習說話方式和表情。」

「嗯。那之後怎麼了？」

像是專心聽著每一句話，小玉玉一直很認真，聽取的時候都在看我的嘴。

「後來我就慢慢學會跟人說話。感覺自己獲得逐漸成長的實感，讓我很高興，這成了原動力，讓我更加努力。」

「哈哈哈。原來是這樣，不愧是玩家。」

水澤一下子就給出這番結論，看來他很了解我。剛才說到「獲得成長的實感」，這成了我努力的動力，在我看來那就是「身為玩家」在做的努力。為了抵達終點，我要不斷嘗試學習，由我來握著操控用的手把去做努力。水澤不只是現充，他也明白身為玩家的感覺。這個人果然不簡單。

「不過，像這樣一面提升動力，一面往前進，那我就會變得更厲害，可以跟更多種類的人好好溝通，還能表達自己的意見，懂得去聽別人的意見——接著我發現一件事情。」

至今為止我跟一些現充接觸過，還有從教室的窗戶呆呆眺望一些不知名的學生正在進行社團活動，他們的身影在腦海中浮現。

「我擅自認定這些現充都不怎麼樣，但他們其實都有各式各樣的想法，會為各種事情煩惱，去做不同的努力。」

接著我面露苦笑，繼續把話說下去。

「……雖說那都是理所當然的事情。」

「原來是、這樣。」

不曉得為什麼，小玉玉看起來有點尷尬，視線瞬間飄動一下。

「自從我認識許多人之後，我才發現至今為止會去跟人對談都是為了讓自己成長，讓自己的等級提升。」

說完之後，我目不轉睛地看著小玉玉的眼睛。

「——後來開始基於別的理由跟人講話，像是『會好奇這個人在想什麼』之類的。」

小玉玉也定定地與我相互凝望。

「就像這樣，一旦開始對其他人產生興趣，就會想要去了解那個人的某部分，然後我發現若是直接把這種想法表達出來，自然而然就會跟人有話講……像是想跟那個人說自己身上的哪些事情、想跟這個人一起聊些什麼，那些念頭也會自然而然湧現。」

「……哦。」

這時水澤盤起雙手，翹著嘴脣發出聲音，看起來若有所思。

「但事情往往不會這麼順利，有的時候要去想一些話題來講，得去仰賴這類技能就是了～」

當我半開玩笑地說完，水澤便呵呵地輕笑出聲。

「原來如此。所以呢？」

「嗯。因此為了讓大家確實接受小玉玉，為了跟他們打成一片，我覺得只針對表面鍛鍊開朗的說話方式也不錯。不過，更重要的是這個……」

我說這話的時候，想起自己的心境、整個世界的色彩都曾經出現變化。

「我覺得重點在於首先要主動讓自己產生興趣，試著去接受大家。」

在我說完這些話之後，小玉玉原本還一直定睛凝視我，此時她轉而看向自己的手掌，最後用力握緊。

接著她微微地點頭。

「……嗯。的確，也許該那麼做。如果我對大家都沒興趣，怎麼可能跟大家打成一片。」

之後小玉玉再一次把視線拉回到我身上，臉上充滿積極向前的決心。是平常那個堅強的小玉玉。

這個時候水澤把剛才盤起的手放開，用淡然又溫和的眼神看向這邊。

「哎呀，文也果然三不五時就會給人驚喜呢。」

水澤不愧是水澤，他臉上掛著酷酷的笑容，又變回帶有玩笑意味的語氣，讓人覺得平常的水澤又回來了。

「這、這是在說什麼。」

「別緊張，就像平常那樣是在誇獎你，別在意。」

「不，真是那樣就好了……」

感覺好像被對方莫名其妙唬弄過去。嗯，主導權果然都是握在水澤手裡。

這個時候我不經意轉眼看向狀況外的竹井——不知道為什麼，竹井眼眶含淚地看著我。

「竹、竹井……？」

「……唔喔～～～！說得真棒～～～！」

「什、什麼？」

緊接著他衝過來搖晃我的肩膀。等等，我還以為竹井都不知道我們在說什麼。還是說竹井其實一知半解？如果是這樣，你還能眼眶含淚未免也太強了吧。

「啊，深深他們要準備回去了。」

「真的耶。好，那我們走吧。」

「唔喔～～～！友崎～～～！」

「住、住手……」

面對竹井謎樣的感動，我快要招架不住，日南跟深實實的課後練習也結束了，今天的會議到此為止。真是的，該說他單純還是無腦。總而言之，這種奇妙的可愛之處也可以說是竹井一直以來都會有的。

＊　＊　＊

「人又變多了——!?」

除了小玉玉、水澤和我，現在又加上竹井，我們四人一起前往操場，結果看到深實實使出渾身解術表現出驚訝的模樣，可以彈很高的跳躍力得到活用。至於旁邊，在社辦前方的小小台階上，日南正帶著拿我們沒輒的笑容坐在那。

竹井很配合地走向這樣的深實實，然後舉起手掌。

「深實實，cheese～～～！」

「看我的，竹井！」

接著他們兩人就在半空中擊掌，看起來很嗨，嘴裡還說著「耶——」。這是在幹麼？這兩個人一旦聚在一起，熱鬧程度就會乘以兩倍，變得更吵鬧。看樣子今天深實實也留下來跟日南一起練習，雖然操場上就只有這點人，但卻熱鬧到讓人不會覺得人太少。

「葵也來 cheese！」

當竹井說完這句話，日南的眼睛亮了一下，用有點像是裝出來的語氣配合他說——

「咦？起司!?」

緊接著竹井就「噗哈——！」地笑了出來。

「不不，不對吧！葵未免太喜歡起司了!?」

「啊哈哈，我搞錯了。是笑一個的 cheese 吧，竹井。」

此時日南就像這樣巧妙扭轉，還露出成熟的微笑。跟剛才說起司的時候完全不一樣，身上散發妖豔的氣質。這巨大的前後差距是怎樣。

「話說……你們怎麼會聚在一起？上禮拜也有來對吧？」

她的語氣既親切又柔和，卻像要聚集大家的目光和掌握主導權，說話節奏緩慢。我對於語氣的拿捏越來越厲害，所以明白其中奧妙，其實像這樣，整個空間裡就只有自己在說話，又要堂堂正正用緩慢的語氣講述，那其實比想像中還難。若心中毫無自信就無法辦到，而且就連這份自信都被日南用柔和的語氣掩蓋。我的等級越是提升，就越能看出日南的技能有多強大。

但總覺得，眼下這種情況讓我有點尷尬。

原因就在這。

「其實呢，我們是在開會，看看要怎麼改善小玉的處境。」

「啊——原來是這樣……」

聽水澤這麼說，日南就像在顧慮小玉玉的心情，靜靜地點點頭。但是她的目光又瞬間放到我身上。喔、喔喔。這下糟了。

這是因為我們想要「改變小玉玉」，日南跟我們這個方針正好處在對立的立場。這下不曉得會怎樣。

看到日南露出有點灰暗的表情，深實實為了緩和氣氛就開朗地笑了。然後重新看向這邊，接著開口。

「哎呀，就算是這樣好了，人又怎麼會多出一個!?」

深實實帶著發光的眼神擠過來，水澤出面回應她。

「總而言之，我們這個友崎團隊又多一個人了。」

他邊說邊拍拍我的肩膀。咦，友崎團隊是什麼鬼。

「等等，這變成我的團隊了？」

「當然啦。發起人不是文也嗎？」

「不、不是……好吧好像是那樣。」

「對吧？所以就拜託你了，隊長。」

「不、不好吧，還叫我隊長……」

面對給我謎樣壓力的水澤，我正感到不知所措，這個時候一旁的深實實發出一聲

「是喔——」。

「不愧是友崎！除了當軍師還身兼隊長呢！」

「不，別幫我多加頭銜啦……」

「嗯嗯——真不愧是友崎同學呢？」

「……喔、喔喔。」

事情就是這樣，深實實給了我沉重的頭銜，這樣就好像被日南將了一軍，那諷刺的感覺快要讓我承受不住，同時我們大家一起離開學校。這、這是怎麼了，胃好痛。

加上日南和深實實，我們六個人一起走向車站。

鄉間道路上響起清涼的蟲叫聲，水澤懶洋洋地滑手機，同時發出嘆息。

「是說繪里香都不會膩呢。」

嗯，果然要說這個。我還在提心吊膽，想說要怎麼度過日南也在的這個場合，這時深實實就像在回應水澤，她臉上露出苦笑。

「唔——嗯，她怎麼會有那麼多過剩精力呀？」

「就是說啊，該說她輸不起，還是太愛逞強。」

皺起眉頭的水澤將智慧手機收到口袋裡。

「說得對……必須想辦法解決。」

配合他們說完這些，日南咬著嘴唇。

「……是啊！」

聽起來很不安，但深實實說這句話的聲音又很開朗，彷彿是想要緩和氣氛。

之前深實實跟小玉玉在一起的時候，她們除了會重現「像平常那樣耍笨吵鬧」，還會避免去談論紺野，但可能是目前竹井和水澤都在的關係，他們難得聊起跟紺野事件有關的話題。

這時竹井用凝重的表情望著小玉玉的臉。

「但是她那樣一天到晚找妳麻煩，真的沒問題嗎!?妳的文具都被弄壞了吧!?」

「唔——嗯，是這樣沒錯……」

就像在找尋合適的話語，小玉玉有瞬間目光游移。緊接著深實實好像突然想到什麼一樣，提高音量。

「啊，對了小玉！我要給妳這個！」

她說完就拉開書包的拉鏈，拿出一個塑膠袋。

「這是什麼？」

等小玉玉問完，深實實邊說「鏘——」邊將塑膠袋口大大地打開。裡面放著大約十個左右的自動鉛筆筆芯。

接著她半開玩笑地挺起胸膛，說了聲「欸嘿」，從袋子裡拿出一個。

「這是在我們家附近販賣的便宜貨！只要有了這個，就算被弄壞也可以生出一大堆來應付！」

接著深實實把那些連同袋子一起交給小玉玉。

「咦，可是錢……」

「不要緊不要緊！因為妳總是讓我吃臉頰！所以這是伙食費！」

「……這樣啊。謝謝妳，深深。」

「不，說什麼伙食費……」

雖然我從旁邊小聲吐槽，但是覺得很溫暖。這兩個人的友誼果然是無可取代的。

「還、有、呢！鏘——！其實這個才是主力！」

一面說著這句話，深實實拿出小小的長方形盒子。仔細看發現那是裝飾得很可愛的自動筆筆芯盒子。這些裝飾恐怕都是深實實親手製作的吧。

「那些便宜貨只是幌子，若是把這個東西放進這裡，那就毫無破綻了！」

緊接著深實實將那個自動筆筆芯盒子放進小玉玉胸前的口袋裡。

小玉玉隔著口袋用手指摸索盒子的輪廓，接著吐出一口溫暖的嘆息。

「……嗯。謝謝妳，深深。我會好好珍惜的。」

她說完就露出虛幻又溫和的笑容。

只見日南看似佩服地望著這一切，接著她將手搭在下巴上，嘴裡這麼說。

「我說……既然都藏在胸前的口袋裡了，那就不用其他的誘餌了吧？」

這句話讓深實實瞬間渾身一僵，最後哈哈地笑了出來。

「真的耶！」

嗯。深實實就是深實實。

＊　＊　＊

放學回家的路上。

「葵妳覺得呢？」

臉上帶著認真的表情，小玉玉對日南提出疑問。

「……這個嘛。」

日南也對她露出認真的表情。

「……」

我則是緊張地在一旁觀望。

目前在這裡的人加起來共有六個。以前我都是一個人的時候就不清楚了，但看樣子一次這麼多人一起移動，比較常有的模式是所有人並非會時時一起談天，而是會分成幾個小群體來交談。

而目前分成的小群體就是「水澤、竹井、深實實」這群人和「日南、小玉玉、我」。換句話說，目前這樣的分法會讓氣氛最為緊張。

我打算藉著改變小玉玉來解決這個問題，而日南想要突破現狀，卻不打算改變小玉玉，再加上還有一個當事人小玉玉，真不曉得接下來會出現怎樣的對話。但對方畢竟是日南，她應該能製造出不至於破壞場面，但又符合當下情勢的正經對話吧——

沒想到。

日南的腳步聲變得有點雜亂，聽起來好像在顫抖。

「——花火，妳想要改變自己嗎？」

她那句話讓我倒抽一口氣，不禁轉眼窺探日南的表情。問得實在太過單刀直入。我們三人之間本就橫著緊張的氣氛，現在這樣就彷彿對造成那種氛圍的核心深深刺進一支冰錐。這一看發現日南正用有些迷惘又哀傷的眼神望著小玉玉。

「……葵？」

「啊，沒什麼。抱歉，只是有點在意！」

發現小玉玉為日南那副模樣感到驚訝，日南重新裝出開朗的表情，說了一些很圓滑的話。小玉玉點點頭，似乎接受了，接著她緩緩開口。

「這樣啊。唔──嗯……其實我──」

小玉玉這話說得吞吞吐吐。

「我確實想要改變自己。」

藉著她豁出去挑明。日南臉上的表情沒有太大變化，就只有眉毛微微動了一下。我不禁覺得剛才那句話想必就如弓箭般深深刺進日南體內。

「這樣啊……」

日南傳遞出來的溫度顯示她再也隱藏不了，她悲傷地垂下眼眸。

似乎察覺這點，小玉玉看起來很擔憂，用她那矮小身軀眺望日南的臉龐。

「葵覺得我不要改變比較好嗎？」

「……我覺得──」

日南似乎陷入迷惘，不知道該如何接話。她說話的語尾莫名顫抖，目光游移，彷彿急著要圓那句話，為了找話又出現奇怪的空白。這些究竟是她在演戲，還是她真實的表現？我無從判斷。

思考一陣子後，日南說出這番話。

「我──不希望妳改變。」

這讓小玉玉若有所思地眨了兩下眼睛。沒有經過任何修飾，用那雙直率的眼睛，小玉玉再一次凝望日南的眼眸深處。

最後就像在確認什麼、在摸索某種輪廓，接著她說出這麼一句話。

「……『不希望我改變』？」

這是很慎重的語氣，彷彿已經看穿事件的核心。

「──妳確定不是『最好別改變』？」

話說到這邊，小玉玉又陷入沉默，等著日南給她答案。

我這才恍然大悟。

那句話確實不像日南會說的。

『不希望妳改變』。

這聽起來並不像是有在思考解決眼下困境的最佳方案，從某個角度來說甚至先將解決問題拋開，只講述自己的願望。

「嗯。」

日南點點頭。

「或許是我不希望將正面應對這個問題想成是錯誤的選擇吧。」

日南那雙眼睛彷彿正在看著遠方的某個點，然而她說話語氣之中確實是帶有感情的，像是在吐露她的心聲。

語氣聽起來莫名真切，甚至很像在尋找救贖的感覺。

「日南……？」

當我小聲呼喚她，日南這才回過神並吸了一口氣。然後瞬間露出毫無防備的表情，但就在下一刻，她平常裝出來的表情又回來了。

接著她再一次開口。

「……我覺得花火沒錯，所以才希望妳不會改變。只是……我沒有權利去決定。那頂多只是我的心願罷了！」

就這樣，她說出很像完美女主角會說的話。像是要印證剛才那些慌亂的表現其實都自有道理，這番話既明朗又有力。

「……原來是這樣。謝謝妳擔心我，葵。」

這時小玉玉露出溫和的微笑，直接接受了日南的那番說辭。那一連串演出看似差點讓日南的假面具掉下，但一回過神才發現又變成是在魔王的手掌心上起舞，就連我都看不出哪些是假的。

「不，我想花火也很辛苦……可不要努力到超過負荷了。」

「嗯……不過，我這邊還有友崎他們支持，讓我想試著努力看看，稍微作點改變。」

小玉玉說完就面向這邊，臉上露出笑容。雖然感受到日南身上散發黑暗氣息，但聽小玉玉這麼說，我還是盡量拿出自信，用明快的聲音回應。

「好，要加油喔。」

「嗯。你現在有點可靠了，只是一點點！」

「就說妳講話也太直了……」

聽我這麼說，小玉玉啊哈哈地笑了出來。日南看了頓時睜大眼睛，最後才點點頭算是認同。

「這樣啊。」

接著她面露微笑。

只不過，是我多心了嗎？我感受到在那微笑的背後確實存在一抹悲傷，讓人心中一陣刺痛。

在那之後，日南又說了一句話。

「你們兩個很像呢。」

光看字面上的意思沒有奇怪之處，剛才這句話反倒像是日南繼續扮演完美女主角所說出的。

然而不知道為什麼，那語氣聽起來像在自我放逐，聽起來非常絕望、自暴自棄。

「那我也會為妳加油！」

可是下一瞬間，日南身上那股氣息立刻消失得無影無蹤，甚至讓人誤以為察覺這股不對勁是自己先入為主想太多，她現在渾身散發柔和的氣息。

「啊，對了。葵——？」

後方傳來水澤的聲音，日南因此去跟後方的那群人閒談，我們三個人的對話就此結束。

後來日南便收起身上帶刺的氛圍，他們繼續開朗愉快地談天，就像平常那樣，會讓現場氣氛頓時歡快起來。

但我總覺得日南剛才那些話都是發自肺腑，我一直在想自己是否被允許觸及這個部分，又想著最根本的問題是我有辦法觸及嗎？

我以為日南這一面是面具之後的真實，還是說那又是假面具？

＊　＊　＊

那天夜裡。我待在自己房間的床鋪上。

緊張的感覺讓我繃緊神經，同時盯著自己的智慧手機看。

螢幕裡面是 LINE 對話畫面。水澤開了一個群組，要讓我們三人商討對策，我們要在群組中討論今後該怎麼走。在聊天的人是我、水澤和小玉玉。就像平常那樣，因為竹井派不上用場，所以我們把他略過。抱歉竹井。

不過我也有所成長了，所以這點小事情沒什麼好緊張的。晚上突然被人邀請進群組的時候，我也只猶豫十秒就進去了，之後做了深呼吸就馬上冷靜下來。所以可

以說面對這部分完全沒問題吧。

然而問題就出在水澤打出的這行字。

『那大概九點再來群組通話吧。』

這就對我造成很大的衝擊了。

就算已經習慣跟人對話，但換成打電話還是難免感到緊張，一旦換成「群組通話」，破壞力又增加好幾倍。除此之外，若是這個邀請突然來襲，我搞不好還比較輕鬆，然而像這樣先跟人預告，在那之前就會很緊張。

現在時間來到晚上的九點零二分。反正之前是說「大概九點」，所以稍微遲到一下也沒關係吧，這種隨興的感覺讓我更加緊張，那自然不在話下，真想快點解脫。

這個時候來電聲響了。

「WOW !?」

我不小心發出聽起來一點都不像純日本人會說的自然W子音發音，接著我讓自己先冷靜下來，去觸控顯示在螢幕上的「參加」按鈕。有聲音從預先插好的耳機傳進耳裡。

『晚安啊——』

那聲音聽起來很爽朗，就像是會帶給人好感的大哥哥，從我的耳機傳出。是水澤的聲音。像這樣透過耳機聽了會覺得那個聲音有點做作，輕快又妖豔，我實在學不來，透露著一股謎樣的性感，真可怕。這個人明明只說了一句「晚安」。

『喂喂?聽得見嗎?』

再來我聽見小玉玉的聲音。硬要分類的話，這屬於比較可愛的聲音，聽起來很稚嫩，但是發聲和發音本身很清晰，很容易聽懂。一旦開始說話就產生清晰的輪廓，語尾乾淨俐落，聲音起伏分明，那語氣正好反映出小玉玉的性格。

「嗯，聽得見。」

接著我也做出回應。雖然不知道那兩個人透過電話聽見我的聲音有什麼感想，但我曾經透過錄音筆聽了好幾次並進行修正，按照當時的感覺看來，人們應該會覺得「雖然沒有什麼特殊之處但還算是明朗」。我個人目前給自己的評價是這樣。

現在已經確認可以聽到所有人的聲音，我們要開始開會了。

『那我們先找件事情開始談吧。』

水澤跳出來主持。因此我就先試著問出讓我好奇的點。

「啊，說到這個。」

『喔，什麼事?』

「小玉玉，妳聽過錄起來的聲音嗎?」

緊接著頓了一拍，小玉玉的聲音才傳過來。

『嗯，我聽了。』

對此，水澤問她感想，嘴裡說著『覺得怎樣？』。

『這個嘛……果然跟我想的不一樣。跟竹井比較之後才恍然大悟，深切體認到我們兩個很不一樣。』

這話小玉玉是帶著反省的語氣說的，之後水澤就用很積極的語調回應。

『喔，能發現是件好事。那有辦法順利製造像竹井那樣的破綻嗎？』

『唔——嗯，我也不曉得。若是我做到那種程度不會太奇怪嗎？』

小玉玉說話的聲音有點不安。

『也對，是滿奇怪的。』

『喂！那不就行不通了！』

『哈哈哈。所以說，若是要模仿，最好控制在不會太奇怪的範圍內。』

『啊——原來，那樣或許可行。』

『有搞頭？』

『……嗯，我試試看。』

『好。』

「好。」

總覺得透過電話果然會不知道怎麼拿捏加入對話的時機，從一開始問小玉玉之後，我就只有在最後一刻說話，跟著水澤說「好」。我這是在幹麼。

我振作起來，心想下次一定要多多加油，這個時候水澤點名我。

『文也，那個前輩有給什麼建議嗎？』

「咦，前輩？」

當我問完，水澤就用像在調侃我的語氣結話。

『就那個啊，文也也在學某個人，改變自己的說話方式對吧？』

「有、有是有。」

接在我的回答之後，從耳機裡傳出呵呵呵的笑聲。可、可惡。所謂的某個人就是你啦，是你。在學別人這事若是被本人發現就會變成這樣，我要小心才行。

『友崎，原來是這樣？』

「算、算是吧。那接下來──要說前輩給的建議是吧。」

為了避免對方問我「那是在學誰？」，我趕緊讓話題進行下去。他本人也在場，這種事情被其他人聽到怪害羞的。

『對。若他有說在學別人說話的時候應該要注意哪些地方，那我認為應該要先問一下比較好。』

「啊──原來如此。」

是要讓小玉玉學竹井的時候可以當成參考嗎？

『沒錯。這種事情只有親身經歷過才會比較清楚吧。』

「也是，確實如此。」

被他這麼一說才發現很少聽人發表經驗談，內容是關於學別人說話，從這個角度來說，我或許算得上是貴重人才。身為弱角派上用場的時刻來了。真是光榮。

於是我再次回想自己經歷過的事情。想想我在學水澤說話的時候，腦子裡在想什麼、會去注意什麼。

「唔──嗯，我想……一開始大可直接模仿沒關係。就算覺得自己學得像了，之後自己一個人聽錄音，有時也會發現聲音起伏完全不夠。」

『哦，是這樣啊？』

聽到變成我模仿對象的當事人出聲回應，讓我心情好複雜，同時我繼續把話說完。

「差、差不多是那樣。所以說，一開始可以放膽去做，之後再透過錄音的方式做確認，看看對方說話的感覺跟自己有何差別。我覺得盡量反覆去進行這個過程會比較好。」

『知道了。最好重複好幾輪對吧。那我在明天之前會練習做看看。」

小玉玉直率地說著，接受這個提議。

『好，那今天就在家裡重複練習個幾次，請妳改善自己的語氣……明天再來具體討論該執行哪些細節。』

「呃──這樣也好。」

水澤讓這些對話飛快進行，為了跟上他的腳步，我隨之轉動腦袋。

「……還有，除了要在家裡練習，明天開始最好由我或水澤幫忙確認，這樣練習起來或許會比較有效。每次有空檔就錄音練習，我們再一起過去聽，找出需要修正的地方，只要反覆做這些，一天應該就可以完成好幾輪訓練。」

『原來如此。那樣聽起來不錯。』

『畢竟我們不能浪費太多時間。嗯，我願意嘗試。』

『好。那就這麼辦吧。』

我們的話題正要結束。這時我心中浮現一個疑念。一面想著，我嘴裡有些迷惘地「唔——嗯」一聲。

『文也，你怎麼了？』

「沒什麼，只是想到有可能會那樣。」我想起水澤說過的話。「在懷疑光只是靠語氣的變化，是否能完美創造一貫的破綻。」

『……原來是這個，那是合理的懷疑。』

對。確實是有可能靠類似竹井的語氣或氣質來製造破綻。但那稱不上具體又顯而易見的破綻。

「照水澤的話聽來，最好製造出像日南那樣的『一碰到起司就失心瘋』，或是更讓人覺得『就是這個！』，這類顯而易見的破綻，那樣或許會更好。」

『也對。若是要讓角色形象深入人心，最好要創造出類似這樣的經典橋段，那樣更強而有力吧。』

「要創造出經典橋段是嗎……」

換句話說必須顯而易見，要找出能夠代表那個人的物件或特徵。或是能夠伴隨某種一定會出現的經典橋段，那樣就會更加明顯，會讓人覺得可愛吧。雖然小玉玉的名字和外表在這方面都很有潛力，但具體而言卻很難去實現。

「唔——嗯……要找什麼呢？」

我稍微陷入沉思，該怎麼做才能實現這點，我甚至連該朝哪個方向想都毫無眉目。

「……總之這部分不是一朝一夕可以辦到的。我會一起想，你們兩個人也一起想想看吧。』

『嗯，知道了。』

「ＯＫ——」

收到我們兩個人的回應後，水澤接著開口，打算為這次的討論做個總結。

『那今天就先到這邊吧。其他還有什麼事情想要先說的嗎？』

「……這個嘛。」

我在想是否該於此處再一次提出「對人沒有興趣」這個問題。但那個問題肯定攸關內心最深沉的部分，不是在這裡隨便講兩句就能解決的吧。

「不，沒什麼。那我們明天休息時間就先來集合一下吧。」

『也好。但我休息時間基本上常常跟修二在一起，或許不能每次都去。可以等我找到機會再去嗎？』

那是因為中村跟小玉玉有點糾葛吧。好吧，他大概沒辦法自由行動。

「明白。大部分的時間就讓我來陪小玉玉吧。光是你願意協助就很感謝了，別放在心上。」

『ＯＫ——……太好了。』

水澤說這話的語氣感覺有點自知理虧。

我說了一聲「好」，盡量裝出輕快的語氣。「話說這樣一來，應該就會有所進展了。」

『是啊。若是能夠像這樣多加練習，不用費太多功夫就能練好吧。』

「好。就這麼辦。」

『這是一定要的。』

我跟水澤提高音量彼此回應，這時小玉玉小聲地呢喃出聲。

『……謝謝你們。』

雖然是在感謝，但是語氣上卻透著幾分歉意、幾分憂傷，聽起來像是對自己的無力耿耿於懷。

「不會！別客氣！」

所以我就像以前遇到使用母音的課題那樣，故意用誇張的語氣說話，看似開朗到不行。用這種語氣說話好奇怪，卻莫名覺得有趣。最適合用在氣氛凝重的時候。

『啊哈哈。謝謝。』

小玉玉帶著苦笑說出這句話。

『就是說啊小玉～～～！要提起精神才行～！』

似乎打算趁勝追擊，水澤出面鼓勵小玉，看那樣子明顯是在學竹井。

『啊哈哈哈。我知道了啦！會提起精神的！』

『啊，剛才那就是模仿竹井的範本。』

『是，謝謝你喔。』

感覺就像這樣，我們互相開了一陣玩笑後，最後要為這場會議做結。

『事情就是這樣……那麼各位，若是情況有變，我們再聯絡。』

『嗯，知道了。』

「了解。」

『很好。那就再見了。』

『嗯，再見。』

「就這樣，再見。」

當我們彼此道別後，伴隨著嘟嚕嚕的聲音，群組通話結束，就剩下我一個人留在床上。像這樣跟人講完電話，總覺得莫名感到孤獨。

「不過……嗯。」

如此一來，我們逐步前進，能夠走向遠大目標的道路開始呈現在眼前。而且不是像之前那樣，玩 AttaFami 的時候只有我一個人作戰，現在已經找到可靠的夥伴，能夠跟他們一起討論，在道路上向前進。

發現自己成為他們之中的一分子，讓我感到莫名開心，並將智慧手機輕輕地放在枕頭旁邊。

＊　＊　＊

隔天。我不用開朝會，用比平常更悠閒的步調來到教室，然後就坐在自己的位置上，為小玉玉的事情煩惱。

煩惱的點主要有兩個。

第一個是關於小玉玉有機會創造出來的「具體破綻」。

另一個是小玉玉「對大家沒興趣」。

為了解決這些，我開始詳細觀察，看看能不能從班上同學的行動、聽到的對話中找到新發現。我聽到他們在說最近的電視節目，或是跟網路上影片有關的話題，再來就是於過程中互相調侃的溫和應酬，看起來彷彿就像在勾勒一些說話技巧。若是要說能夠從中找到什麼解決方案，那就是看大家如何創造「具體的破綻」，讓自己的角色形象深入人心吧。嗯。

觀察到一半，我看見深實實穿過教室的門進來。

這時我有個念頭。若是透過「觀察」看不出什麼所以然……那接下來要做的應該就是「搜集情報」吧。我活用過去的經驗，幫助自己順利思考這方面的事情。

在這之中，特別值得注意的是深實實。她很擅長捉弄人，也很擅長讓人捉弄，或許能有什麼新發現。當初進入學校的時候，她創造契機，讓無法融入大家的小玉融入這個班級，從這點來看，她很有可能掌握突破現況的關鍵。

於是我便悄悄靠近將書包放在自己的桌子上、開始環顧整個班級的深實實。

「深實實。」

深實實「嗯？」了一聲，帶著詫異的表情看向這邊。「噢！友崎！一大早就來找我還真是稀奇！怎麼啦怎麼啦！」

她張大嘴很有精神地哈哈大笑，同時拍拍我的肩膀。那聲音不知為何聽起來莫名開心，但是透過拍打肩膀的力道，我能看得出來。現在的深實實果然有點沒精神。這種判別方式滿白痴的，但是身為她的軍師，我懂其中奧妙。

「呃——……」

我邊說邊統整思緒。現在想弄清楚的是這個，讓小玉玉創造「具體破綻」的方法。要讓這樣的破綻深入人心，該怎麼做比較好。水澤說過「要有經典橋段」，希望能夠找到什麼來刺激出這方面的靈感。

如此一來，首先要問的就是……

「深實實妳常常捉弄小玉玉對吧？」

「唉唷友崎！這話我可不能聽聽就算了。這不是在捉弄小玉，那是愛！我只是在表現自己的愛！」

「喔。這樣啊。」

「反應好平淡!?這樣不行啦，要更確實吐槽才行！你是搞笑破壞者喔!?」

「不不，深實實，吐槽也是很講究輕重緩急的。」

我在實踐從小玉玉身上學到的吐槽輕重緩急，向對方傳達重要性。

接著深實實就「嗚！」的一聲，被堵到沒話說。

「……的確！軍師就是不一樣！」

「是、是嗎？」

「當然啦！我的搭檔果然非你這個軍師莫屬！」

「不對，我連搞笑都要被人牽著鼻子走嗎？」

情況就是這樣，深實實又用比平常更弱一點的力道拍拍我的肩膀，我一面把話題拉回去。

「呃——話說像那樣捉弄小玉玉……更正，是表現愛才對，妳都是針對小玉玉的哪個部分捉弄……說錯，呃——是拿她哪個部分來表現妳的愛？」

我問問題的時候一一修正用詞，之後深實實就帶著滿意的笑容回話。

「嗯——大概就是她很可愛這部分，還有身材嬌小？」

「啊——果然是這樣。」

我再次思考。

這樣確實能從全新角度導出「具體破綻」吧，想是這樣想，就連跟小玉玉最要好的深實實，捉弄小玉玉時還是只挑顯而易見的表面部分。水澤也說過，看是要怎麼利用這部分。嗯。

換句話說，「破綻」果然還是要找比較表面的部分會更好。但是這些表面部分要透過什麼樣的角度切入，才能轉變成有趣的「破綻」？這一點才是最重要的吧。

像這種時候，能夠拿來當參考的果然還是……那方面的高手。想要變成高手，往往都是從模仿高手開始……換句話說。

「啊，對了。那我們換個話題，最近有什麼值得推薦的好笑動畫嗎？不管來幾個都沒關係。」

「咦？那是什麼？」

此時深實實睜著黑白分明的大眼，用凜然目光抬眼凝望我。噢。平常她耍白痴的時候，我都沒注意到，看她突然露出這樣的表情，果然會為她的美麗感到驚訝。這是一張鮮明又毫無破綻的臉蛋。

「這個嘛，為了幫助小玉玉，我們給她出了許多主意。」

為了製造出所謂的「經典橋段」，要讓小玉玉去參考這方面的專家——藝人，參考他們的技能。

「……哦。」

這次她換用認真的表情一直盯著我的眼睛看。拜託別這樣。對於自己有多美沒什麼自覺，那樣反而會讓人更有感覺。

「就、就是這樣。我們還是覺得無法坐視不管……」

我感覺到自己的臉變燙，說話的時候將目光轉開，結果深實實小聲呢喃出這句話。

「……友崎，你很狡猾呢。」

「咦？」

我的臉還在發燙，將目光狼狽地拉回深實實身上之後，不知道為什麼，她用有點不滿的表情看著這邊。

「明明就像這樣，馬上會害羞起來，卻會在關鍵的地方變強勢～……真是的。」

「好痛!?在做什麼!?」

深實實手指用力壓上我的鼻子，讓它變成豬鼻子。怎麼了，怎麼突然做這個。

「英雄光芒太過強烈，要罰你變豬鼻子。」

「這樣太莫名其妙了吧!?」

「啊哈哈！莫名其妙最好！」

說這話的同時，深實實露出天真無邪的笑容。可惡，看到這麼燦爛的笑容，想氣也氣不起來。這、這傢伙。

「糟糕！友崎變超醜的——！」

「喂！我說妳——」

原本想說「我本來就醜！」，話卻在這邊停住。對了，有人跟我說像這樣自貶身價不太好。

既然如此，這次就換別招。

「就算我醜好了，內在、內在也有帥氣之處！大概是！」

即便感到害羞，我還是理直氣壯地放話。

「嗯。我知道喔。」

「——唔!?」

這時深實實笑著注視我的臉。咦，這是在做什麼。反應出乎意料，讓我被人徹底殺個措手不及。這算什麼。

我根本不知道該怎麼接話，深實實突然將手指從我的鼻子拿開，開始滑起手機。

「啊！你剛才問我有沒有推薦的搞笑影片是吧？我看看喔～……」

「好、好……」

就這樣，她不著痕跡將話題轉開，但這樣反倒讓人覺得餘韻特別強烈，同時深實實跟我介紹好幾支影片，我也將這些影片加進影片播放程式的播放清單裡。討、討厭，心臟的跳動速度還是很快。

＊　＊　＊

午休時間。

我跟水澤、小玉玉結伴來到離校社有段距離的樓梯間。

「哎呀，抱歉抱歉。結果我幾乎沒什麼機會過來會合。」

臉上浮現親切的笑容，水澤對我和小玉玉這麼說。今天每到休息時間，我跟小玉玉就會來這邊做說話語氣的特訓，但水澤那邊有中村在看，他沒什麼機會過來。然後時間來到午休，這下我們三個人總算能夠到齊。

「畢竟水澤算是中村集團的固定班底嘛。」

我用這些話打圓場，水澤再一次雙手合十，嘴裡說著「抱歉啊」，重新換上認真的表情開口。

「那今天特訓的情況如何？」

緊接著小玉玉就用窺視的目光看我。

「那個……情況怎樣？老師。」

「老、老師是在說我吧……」

我邊苦笑邊說，小玉玉回答「當然是你了」，臉上掛著半開玩笑的笑容。

「這、這樣啊……不過，嗯。我覺得變厲害了。」

「真的？」

小玉玉說話的語氣聽起來有些不安。

「嗯，真的真的。」

「哦，是這樣啊？」

一旁的水澤出聲回應，我也對他點點頭。然後刻意裝出輕快的說話語氣。

「只不過，這方面還是希望能夠找老師的老師來指點迷津。」

「哈哈哈。老師的老師是在說我？」

「當然了。」

接在這句話之後，我在水澤跟小玉玉之間來回張望，對他們笑了一下。

緊接著不知為何，水澤開心地揚起嘴角。

「真是的，文也也開始變得油嘴滑舌了。」

他說這話的表情看似在懷念什麼，接著「嘿咻」一聲靠到牆壁上。

「對，就是那樣。」

我用得意的語氣補充。總覺得最近開始指導小玉玉後，會覺得自己要更加振作才行，因為那樣的心理狀態使然，感覺這陣子能夠比以往更加積極，表現得像個現充。

水澤像要重新主導，他不再繼續靠著牆，而是舉起手拍了一下。

「那就讓我看看小玉學竹井吧。」

「知道了！」

緊接在這句話之後，小玉玉吐出一口氣，表情一下子明亮起來。

「放馬過來！」

接著她將拳頭舉到臉旁邊。水澤看了佩服地點點頭。

「哦，感覺表情跟說話方式都很開朗了呢。」

「對吧？畢竟我有確實做特訓！」

小玉玉邊說邊「嘿嘿」地翹起嘴脣。把眼睛睜大，看起來有點搞笑。

「喔喔，感覺不錯。妳都做了什麼樣的特訓？」

當水澤問完，小玉玉就用可愛的聲音「唔——嗯——」一聲。

「我試著說話，然後錄音起來，去跟竹井和大家的說話方式做比較再進行修正，就只有這些！」

「聽起來大概都是我們之前想到的方法嘛。」

「是啊！不過關於去參考大家這點，是在特訓期間想到的！」

「啊，這麼說來，我們確實是沒提到這部分。」

對。有個人就在小玉玉身邊，與生俱來的開朗特質廣受大家喜愛。再加上又跟小玉玉一樣是女生，小玉玉若是想要找人參考說話方式，這位深實實是最適合不過的人選。

然而就像這樣，就算深實實本人不在場，她還是有幫到小玉玉呢。

「還有那不是友崎想到的，是我自己想到的喔！厲害吧？」

「哈哈哈。真的耶，厲害厲害。」

水澤露出溫和的笑容，就像在調侃對方，用平板的語氣複述。

「你呀！根本就沒有發自內心！」

「啊——是嗎？抱歉抱歉。」

「這也不是真心的！」

像剛才這樣一針見血吐槽，從某方面來說很像平常的小玉玉，但是看她的表情、有點開朗的語氣，加上剛才那樣的對話推演，都跟平常不同，感覺起來就比往常更加平易近人。嗯，她真的有所改善。

「是，那我今後會努力加進真心——」

「你一定不會那麼做！」

「哈哈哈。」

完全想不到不久之前那兩個人還關係僵硬，這段對話看起來很活潑。氣氛也很嗨。

這時小玉玉先是閉上嘴巴，然後再一次望著水澤的臉。

「……剛才那樣，你覺得如何？我有試著讓自己說話比以前更開朗……」

看她這樣，水澤二話不說點點頭。

「嗯。感覺變得很好聊，人也變可愛了。」

「真、真的嗎!?」

小玉玉臉上的表情頓時變得明亮起來，她好高興，我也在嘴裡說了聲「好耶！」，擺出勝利手勢。

「話說接下來，若是能有更決定性的表現才是上策……但我還沒想到該放什麼樣的表現。」

「的確，是這樣沒錯，不過……」

當我用沉著的語氣說完，水澤笑了一下，嘴裡說著「喔！你想到好點子了？」，臉上神情除了透著期待，還有幾分揶揄。就跟你說別這樣了。

「也沒什麼，不像是我的點子，其實是抄來的……」

要找個方法將角色特性顯而易見地表現出來。然後找到決定性的經典橋段，讓它深入大家的心。口頭上說說是很簡單，然而要付諸實行，那就變成一種非常困難的溝通手段。

有鑒於此，我朝小玉玉看了一眼。

先前的休息時間，我們都在研究深實實告訴我的影片，然後要小玉玉照抄，現在就是讓水澤「驗收成果」的時候。

「呃——那我們這就來做做看吧。」

當我對小玉玉說完，她就用緊張又害羞的語氣小聲說著「嗯、嗯嗯……我試試看」。這下我也被迫去做自己不習慣的事了，開始變得好緊張。

接著我在腦內反芻剛才反覆做過的練習，並深吸口氣。

「……話說，怪了？小玉玉，妳怎麼跑那麼遠？」

我開始用白痴的語氣說話，然後小玉玉就用手指大力指著我，換上吐槽的語氣強力接話。

「哎呀那是因為我很矮小！只是因為我很矮，看起來才像跑到遠方！這是一種透視的概念！」

「啊，原來是這樣？」

「就是啊！那是錯覺！」

我跟小玉玉開始進入微妙的狀態，水澤一邊眨著眼睛一邊看我們。嗚，那眼神讓人難以招架。但我會加油的。

我再次開口耍白痴。

「啊——是這樣啊……話說有件事。這個樓梯間好像比想像中還大呢。」

「哎呀就說是我太矮了！因為我太矮小，一比之下才會覺得大！其實這個樓梯間很小的！」

到這個時候水澤才發現我們想做什麼，他偷偷笑了出來。

我看向小玉玉右手拿的包袱巾，裡面裝著便當。

「咦？小玉玉的便當看起來好大？」

「因為我很矮！我太矮小了，便當看起來才那麼大！這可是普通的便當！」

「是嗎？」

「對啊——！那是錯覺！」

當我們說完，水澤「哦」了一聲，看似佩服地笑了。

最後他從口袋裡愉快地取出智慧手機，一面看著小玉玉，嘴裡一面說著。

「話說回來。進入休息時間後，時間已經經過十五分鐘以上了呢。」

小玉玉聽了依舊快速又有力地吐槽。

「因為我很矮小！」，她用力自嘲。「因為我很矮小，才會覺得時間已經過去十五分鐘！其實沒過那麼久！」

「哈哈哈！這是哪招。」

除了發出笑聲，水澤還將智慧手機收入口袋裡。水澤都被引過來配合了，我想這下子我們想做的已經全部傳達出去了，所以我就暫時收手。

「……若是這麼做，應該就能讓大家習慣所謂顯而易見且『可捉弄的具體破綻』。」

對。以前我還是小學生的時候，班上曾一度流行某個藝人的「都怪我臉太大！」吐槽梗，我們拿來加以運用，製造出經典橋段。今天早上深實實拿了一些影片給我看，裡面有類似剛才那種吐槽的東西。

一看到這個，我腦海裡就浮現三個前提。

第一是活用表象化的特徵，那樣就能充分創造「破綻」。

再來就是小玉玉的表象化特徵中，某部分「特別明顯」。

最後是──「小玉玉很擅長吐槽」。

那剩下的就是拿小玉玉身高太矮做文章，跟「經典橋段」相結合，反過來照抄就能重現同樣的手法。

「怎、怎麼樣……？」

小玉玉帶著不安的神情窺視水澤。就像這樣，其實對某個部分沒把握，但去做的時候還是會全力以赴，小玉玉就是如此。

這時水澤臉上浮現有點傻眼的笑容，但還是愉快地點了兩次頭。

「哎呀，我覺得還不錯。就像剛才那樣，害我都有點想加入了。事情就是這樣，現在重點變成『要讓大家也想加進來玩』。」

「……也就是說？」

聽我反問，水澤挑起半邊眉毛，得意地笑了。

「『具體破綻』大作戰，這樣進行下去不就有搞頭了？」

那句話讓我跟小玉玉不由得說出「好耶！」。

接著水澤就拍拍我的肩膀。

「是不是覺得當老師教人教的很有價值？」

「呃──……對啊！」

我差點要做出謙虛的表現，最後忍住了，用半開玩笑的語氣得意放話。要對自己有自信。去教人家的人若是在對方面前自暴自棄，那樣對受到教導的人來說未免太失禮。

這樣的反應似乎讓水澤感到意外，他先是沉默了一下，之後嘆了一口氣。

「但──總覺得文也也一起成長了呢？」

「是、是這樣嗎……沒有啦，不過也是。搞不好成長了。」

其實我隱約有發現到了，現在要把自己之前的所學教給別人，那我就要負起相應的責任。因此我必須要確實整理自己的經驗，讓那些化為言語，還要提高理解度並吸收進去，否則很難傳達給別人。總覺得這種過程對自己來說也是一種特訓。

這時水澤用滿意的眼神看著我和小玉玉。

「嗯。在這麼短的時間內，你們兩人都有長進了。老師不愧是老師，他優秀的學生也不遑多讓。」

看他誇獎我們兩個人，我和小玉玉同時做出回應。

「喔、喔喔……的確。」

「哼哼──我很優秀對吧？」

水澤聽了忍不住笑出來。大部分的目光都放在我身上，那眼神看起來很愉快，嘴邊帶著一絲笑容，同時開口說道。

「不過呢，要說有哪讓人感到悲哀──那就是老師完全被學生超越了。」

我隱約有這種感覺，現在被人這樣一針見血指出，讓我好洩氣。

「果、果然是這樣……？」

「友崎！可惜了！」

緊接在後，小玉玉用可愛又開朗不已的笑容看向這邊。

笑咪咪的樣子看起來很純真，彷彿如實反映小玉玉心中的真性情和直率，就像被夏日豔陽照亮的向日葵，閃閃發光。

情況就是這樣，小玉玉身上蘊含壓倒性的潛力，除了要接受被她超越的事實，小玉玉的「可愛度養成」特訓也告一段落。嗯，弱角我還是慢慢來好了。

＊　＊　＊

之後我們幾個邊吃自己帶來的便當或麵包，一面討論今後的事情。

水澤大口吃著炒麵麵包，用輕快的語氣開口。

「明天開始突然去找班上同學交流或許也行，但那樣有點奇怪吧？畢竟文也有提過所謂的風險管理。」

「啊——的確是那樣。」

我邊吃夾著可樂餅的麵包邊點頭。聽他這麼一說，確實是如此。我們之前有提過方針，「要在沒有風險的情況下一再實踐」。照這個方向想，才剛做完說話方式的練習就突然去找班上同學實踐，那樣有點危險吧。就算面對我跟水澤已經有辦法做到好了，這也能解釋成是因為熟悉我們兩個人才能辦到。

等真的要上場，情況又不一樣了，若是因為緊張導致失敗，或是揮棒落空，那樣會對現況造成不良影響。尤其是「因為我很矮小！」的梗，一旦失敗就會變得慘不忍睹。

因此我在想該怎麼樣創造合適的情境，最後為此苦惱。

「……但是這方面以現狀來看，打點起來滿困難的。」

當我說完，水澤也冷靜地點點頭，嘴裡說著「是那樣沒錯」。

「咦，會嗎？」

小玉玉吃著便當裡的煎蛋，納悶地歪著頭。是剛才延續下來的餘波嗎？總覺得她的動作有些破綻，換句話說就是看起來很可愛。這是好事。

將嘴裡的麵包吞下之後，水澤接著對小玉玉解釋。

「原本想在放學後找個班上同學過來，讓小玉實際上陣練習，但班上同學目前都對小玉退避三舍。」

對。目前班上同學都把小玉玉當成燙手山芋。很難找到願意幫忙的同學吧。

這時小玉玉也跟著用灰暗的聲音說「這樣啊……」。

「那樣就很難行事吧。」

「是啊。雖然葵跟深實實是站在我們這邊的，但她們跟小玉感情太好，那樣就不算練習了。還能找到誰？有誰可能會願意幫助我們。」

我開始轉動腦袋，把想到的名字說出口。

「唔──嗯……那泉怎樣？」

我想起上禮拜跟泉談話的種種。照當時的感覺看來，她也會願意幫小玉玉吧。

面對這個提議，水澤「唔──嗯」一聲，面有難色。

「確實是有可能幫忙我們……但若是被紺野撞見，優鈴的立場就尷尬了。」

「……啊──」

他這話有道理。

小玉玉明顯跟紺野是敵對關係，泉則是紺野集團的一分子，而且跟紺野最要好。若是泉跟小玉玉暗中結夥，紺野肯定會不爽吧。說句題外話，日南也曾經跟我叮囑過這方面的事情。

經過中村事件後，泉找到自己想走的路，那就是「希望能夠幫助別人」，若我們跟她開口，她八成會提供協助──我不想害泉因此惹上大麻煩。

「這個嘛，也對。最好盡可能避免，那樣會比較妥當吧。」

之後我們之間有一段空白，暫時陷入沉思。

「……這樣看來，剩下的還會有誰？要保持中立，就算失敗也不會帶來太大風險，跟紺野的關係又不深，小玉玉跟對方也不熟。」

水澤發出「唔──嗯」的低吟聲，一面整理條件，看樣子正在尋找候補人選。

可是目前班上氣氛是「排斥小玉玉」，有誰不會被這樣的氣氛影響，就算失敗也不會對他造成太大問題，跟紺野又沒什麼關聯，而且跟小玉玉不熟。很難找到一個人，他能滿足這些諸多條件——想到這邊。

我腦袋中浮現某個人的臉。

「啊……」

接著我不禁發出一聲呼喊。

「喔。怎麼了文也，想到什麼了？」

「沒、沒什麼，該說是有好點子了嗎……」

有人正好符合條件。完美滿足所有的條件，真的是最合適的人選。

「該說是有好點子了？」

「這個嘛……」

對。

——她就是菊池同學。

不知為何，我的心跳莫名加速，同時我盡量用慢條斯理的語調開口說話。

「……那我試著主動聯絡一次看看。」

「喔，你心裡有合適人選了？」

水澤說這話的時候，臉上帶著期待的表情。

「呃——這個嘛……有是有，但不確定能不能成。」

緊接在我這句話之後，小玉玉興致盎然地開口。

「什麼什麼？那是誰？」

看她那表情會發現基於興趣，一雙眼正閃閃發光，果然比之前更討喜。差點讓那股勁壓過的我一面思考。

「唔、唔——嗯。但還不知道她願不願意幫忙，要請你們稍等。」

我暫時保留答案。

總覺得有種微妙的念頭，平常菊池同學彷彿處在神聖的空間中，跟凡塵俗世隔離，讓我不知能否擅自提及她的名諱。因此我說話的時候刻意避免提及當事人。我可不想破壞那個結界，若是有奇怪的流言傳出，那會對菊池同學不好意思。

「總之我先去跟她本人確認一下。」

當我說完這些，水澤就用從容的語氣接話。

「知道了。那就先交給文也去辦。」

「沒、沒問題。謝謝。」

聽到「交給我」這句話讓人莫名開心，同時我對他表示感謝。

「也好，既然友崎都這麼說了！」

緊接著小玉玉也附和水澤，什麼都沒問，就委托我全權處理。咦，這種疑似信賴關係的感覺是怎麼一回事。讓人心裡有一絲暖意。

我正感到窩心，水澤就用平常的調調為這次討論做結。

「那麼，總之情況如果再度生變，我們就彼此聯絡。」

「了解。」

「OK——！」

大概就是這樣，連最後結尾的招呼都被小玉玉那份開朗徹底壓過去，對此有深刻體悟之餘，我們的午休會議也宣告解散。

＊＊＊

時間來到放學後。我待在圖書室，等小玉玉和水澤的社團活動忙完。最近這陣子放學後每天都會來這邊，我已經開始習慣了——照理說應該是這樣。

然而今天有件事情跟平常都不一樣。

有道聲音就像在祝福新生命的誕生，有天使拿著喇叭吹出多重奏，這聲音的響動彷彿在為我擁有耳膜一事送上禮讚。

「好、好緊張……」

那聲音彷彿在跟圖書室中的每一張書頁共鳴，聽起來充滿知性，伴隨著蘊含包容力的溫度，足以媲美聖母的愛，穿過我細胞與細胞之間的縫隙，浸染全身。

沒錯。今天菊池同學就坐在我隔壁的位置上。

「嗯、嗯嗯。真的。」

今日放學開完班會後。班上同學不是興匆匆地跑去參加社團，就是跑回家，我卻是來跟菊池同學說話。

談話內容如下，希望她能夠在今天放學後幫忙小玉玉做特訓。

「只要照平常那樣跟她說話就行了吧？」

「嗯……保持平常心就好。」

我拜託菊池同學的事情很簡單，就是「希望能跟小玉玉說說話」。

小玉玉有去練習學竹井說話，練習執行「我很矮小」大作戰，要當著班上同學的面實踐之前，想要先讓她演練一遍。因而請來菊池同學當她練習的對象。

「我、我知道了。」

我還跟她說水澤也會在場，可能是因為這樣，菊池同學開始想像自己將要面對不熟悉的情況。她的聲音有點顫抖，可見菊池同學很緊張。

即便如此，為了幫助小玉玉，菊池同學還是接受我的請求。果然不是只有外在和舉止，她就連心都是由天使聖素構成的吧。

順便說一下，我沒跟菊池同學說小玉玉已經改變說話方式。是希望她在沒有先入為主觀感的狀態下進行判斷，看看感覺如何。

「菊池同學，妳跟小玉玉很少說話對吧？」

當我問完，菊池同學慢慢點點頭。

「嗯。在班上看到她的時候，我心想這個女孩好堅強……但卻沒有跟她好好聊過。」

「這樣啊。」

後來我們的對話就結束了。關於這次的演練，要事先確認的部分都做好了，再也沒有需要說明的地方。

但我不慌不忙，決定在自己心中探尋本意，看自己現在究竟想跟菊池同學說什麼。不要太過緊張，要盡量表現出自然的樣子。

然後將想到的話直接說出口。

「……菊池同學，妳怎麼看？關於紺野欺負小玉玉，還有大家明顯避開她這點。」

面對如此嚴苛的狀況，透過菊池同學那雙清澈的眼睛，她會如何看待。我只是單純對此事感到好奇。

「我……」

她先是微微張開那淡粉色的嘴唇，稍微停頓一會兒。照理說那對唇瓣應該沒施加太多脂粉才對，卻有一層神祕的滋潤感，彷彿被充滿光澤的半透明薄紗包覆。

緊接著就像在思考一般，在那陣停頓之後，菊池同學如是說。

「我覺得花火很可憐，也覺得那樣很不合理。但就算是這樣，還是沒辦法去責備……紺野同學和班上的人。」

這樣的回答太讓人意外，我很想知道背後的原因。

「沒辦法去責備他們……這話怎麼說？」

我直截了當地問了，結果菊池同學用左手手指緊握著右手，一面開口。

「這個……去欺負別人、跟別人同流合汙去避開某個人……我覺得那樣不太好。」

「嗯。」

接著她又輕輕地搖搖頭。

「不過，紺野同學和大家之所以會那麼做……肯定都是因為他們太脆弱。」

「……因為他們太脆弱？」

當我複誦完這句讓人意外的話，菊池同學便客氣地點點頭。

「在他們心中……肯定因為有些事情沒辦法靠自己的力量解決而感到焦躁。若是不排解這種心情就無法撐下去……明明知道那樣不對，卻在意其他人的看法而同流合汙。我在想事情可能是這樣……」

菊池同學小聲述說，那節奏看似帶著迷惘，然而就只有話中輪廓確實是強烈的、深入的。她把自己看見的轉變成言語。

「紺野同學跟大家都一樣，想要逃避靠自身力量無法解決的問題，所以才會那麼做吧……雖然那樣不對。」

「想要逃避是嗎……」

想必套用在紺野身上就是「泉跟中村開始交往」帶來的壓力。換成班上同學，就是在面對「不可原諒破壞教室氛圍的傢伙」這種氣氛。照理說他們應該要自己站出來，去面對這些壓力，但是這些人卻沒有正面承擔，而是找個舒適圈逃避，她的意思是這樣吧。

「是的……但我只是在旁邊看，沒能做任何事情，我說這種話也許不合適。」

當菊池同學說完那些話，她有些自嘲地搖搖頭。

「沒、沒這回事。我想有時就算想要插手也無能為力吧……」

聽我這麼說，菊池同學小聲道謝，露出客氣的笑容。然後繼續補充剛才說過的話。

「因此一定是這樣，紺野同學、班上同學和花火。其實這裡面最堅強的人……應該是花火。」

垂下帶著長長睫毛的眼睛，菊池同學那麼說。

那番話透著美麗的音色，彷彿出現在水面上的嫻雅波紋，我靜靜地傾聽。

「……或許真的是那樣。小玉玉確實很堅強。」

見我表示同意，菊池同學微微地抿起嘴脣，最後再次緩緩開口。

「嗯。因此看她這麼堅強，紺野同學跟班上同學才會被吸引吧。與其跟心中的焦躁抗衡，還不如那麼做會更輕鬆。而且不管他們再怎麼排擠，花火都不會被打倒。」

緊接著菊池同學舉起左手，輕輕碰觸那碗如滑雪場般白皙美麗的鎖骨一帶。

「……被吸引過去是嗎？」

菊池同學的觀點讓我有點驚訝。

就像在看顧人間所有的事情，那視角彷彿是從天界俯瞰一般。話雖如此，說這話也並非毫無道理。

紺野並不是單純要進行攻擊行為，而是她想逃避心中那股壓力，轉以透過欺負人這種代償行為來抒發情緒，而被小玉玉的堅強所吸引。

班上同學並非單純在迴避小玉玉，而是想要逃避、不想去跟那種氣氛抗戰，為了讓自己正當化，擅自決定絕對不會崩潰的小玉玉是「邪惡因子」，被能夠攻擊她的「正義」吸引過去。

——這是因為小玉玉很堅強，紺野跟班上同學太脆弱。

菊池同學是這麼說的。

「不過，總不能基於這些就去做那種事情……我認為必須想辦法解決這種問題。所以能夠像這樣透過友崎同學去涉足此事，我很高興。謝謝你。」

她說話的時候一直望向我。那肌膚宛如陶瓷般美麗，清爽的質感讓我不禁看傻。美到甚至產生微微發光的錯覺，侵蝕我的視網膜。

然而她說出的話是最有人性的、最積極的。

「嗯，說得也是。我們一定要解決問題。」

話一說完，菊池同學露出微笑，那清純的笑容看起來已經有些釋懷，彷彿女神一般包容著我。

「好的。那我們……一起努力吧。」

接著她用充滿溫柔決心和心意、有如絲絹的柔和嗓音說了這句話。

那看起來太過眩目，感覺這個笑容彷彿會永遠成為殘影烙印在視網膜之中，我點點頭，對她露出笑容。

要跟菊池同學一起朝向相同的目標邁進。這對我來說是前所未有的事情——菊池同學對自己來說是很重要的人之一，能夠跟她攜手奮鬥，總覺得對我來說令人莫名開心。

跟菊池同學相處在一起，這段時間果然不用勉強自己，時光緩慢流逝，還有一絲絲的溫暖。

＊＊＊

看到水澤透過 LINE 群組送過來的聯絡事項，我跟菊池同學一起前往教室，小玉玉和水澤已經在那了。他們兩人看著窗外對談，似乎還沒發現我們已經來了。

這次來協助我們的人是菊池同學，因為找不到適當時機，所以我還沒告知這件事情。自從水澤說「交給你辦」之後，他也沒有刻意過來詢問，我想他是真的信賴我才會交給我做。這種大肚量的表現又讓人覺得真不愧是水澤。我想回應他的信賴。

不曉得那兩個人會怎麼吐槽我找菊池同學的事，內心七上八下，我領著在後方距離自己半步的菊池同學進入教室。

然後出聲叫喚水澤和小玉玉。

「呃——……你們好啊。」

水澤和小玉玉轉頭過來看這邊，目光落在菊池同學身上。接著他們兩人就驚訝地眨眨眼。嗯，果然是這種反應、嗯。

在這之中，率先開口的人是水澤。

「你來啦文也……這位是——菊池同學？」

被水澤點名，菊池同學將一半的身體藏在我背後，窺探另外那兩個人。

「你、你們好。」

聲音有點慌亂，她對在教室裡的那兩個人打招呼。身體依然有一半藏著。

八成是看菊池同學這樣吧，小玉玉一開始還面露驚訝，後來她也重新露出笑容，那表情就像在歡迎菊池同學，用直率的眼神看著她。

「風香，妳好。友崎也是。」

接著小玉玉有禮貌地打招呼回應。是很有小玉玉風格的直率音色。不過，看起來小玉玉跟菊池同學沒什麼交集，怎麼會直接用菊池同學的名字「風香」來稱呼她？是因為兩邊都是女孩子，像這樣直接稱呼很普通嗎？

「妳、妳好。」

菊池同學聽了再一次跟小玉玉打招呼。這已經是她今天第二次問候人了。

水澤看起來很意外，用食指輕輕搔搔頭。

「這個嘛，妳好啊，菊池同學。但這是怎麼了，原來文也說的心中有合適人選，指的是菊池同學？」

「對、對啊，就是她。」

「哦——」

水澤說完就目不轉睛觀察我臉上的表情。來、來了。這是那個，想要刺探什麼的目光。他正在瘋狂刺探，是想要看出我們是什麼關係。感覺任何想法都會被水澤看穿，必須小心才行。不對，我跟菊池同學又沒有做什麼不可告人的事情。

水澤刺探我一會兒之後，又看向菊池同學，然後嗯嗯地點點頭。這、這是怎樣。那點頭是什麼意思。

「不過，她確實立場中立，對班上不會產生太大影響，又跟紺野沒關係，也沒有跟小玉很要好……嗯。就跟我們開的條件一樣。」

我的心裡還是有點忐忑，嘴裡說著「對、對吧。」，用這句話回應。

「那個——菊池同學，文也應該跟妳說了不少吧？」

「……說了不少是指？」

菊池同學慢慢從我背後出來，一面跟水澤對話。對了，她一開始只出來一半，如今已經冒出七成。不錯喔，照這樣下去就對了。

「嗯——像是要執行幫助小玉的作戰計畫，或者今天希望妳能夠用平常心跟小玉對話之類的。」

「啊，這個嘛——是的。我有聽說。」

菊池同學邊說邊一點一滴露出身體，最後總算露出八成。

水澤先是用輕鬆的語氣說「ＯＫ——」，接著就露出苦笑。後面接了一句「是說怎麼這麼拘謹？」

「啊，那是因為……我還不習慣……」

「哦？」

水澤做出的回應聽起來很狐疑，但他馬上就找回步調並點點頭。可能是拘謹被人吐槽的關係，菊池同學原本從我背後露出的部分減少到六成。這種像氣壓計的感覺是怎樣。

「好吧無所謂。就這樣吧！」

「好、好的。」

事情大概就是這樣，話鋒不再繞著菊池同學轉。話說回來。菊池同學像這樣跟一群人待在一起，看起來很新鮮呢。除了跟泉借面紙，還有跟日南一起偶然來到菊池同學打工的地方，感覺其他時候很少看到菊池同學跟別人說話。不，在上課途中會基於需要開口說話，但除此之外幾乎都沒看過。

「那麼——就麻煩菊池同學現在開始幫忙吧？」

當水澤提議開始特訓後，小玉玉便怯怯地點點頭。

「就、就這麼辦吧。」

「好，那我們負責看。」

水澤邊說邊來到我旁邊，帶著笑容催促菊池同學去小玉玉那邊。

「好、好的！」

可能是因為緊張的關係，菊池同學靠近小玉玉的時候，動作比平常更像小松鼠，然後她微微一鞠躬，嘴裡說著「請多指教」。緊接著小玉玉也很有禮貌地鞠躬回應「麻煩妳了」。不，又不是在比武。

我邊看邊偷笑，這時水澤將臉靠到我耳邊，用涼涼的語氣問話。

「怎麼了文也，你跟菊池同學感情不錯？」

「這、這個嘛，算、算是吧。」

當我給出語無倫次的回應，水澤佩服地「哦。」了一聲。

「你意外的不容小覷呢？」

接著他露出壞笑，就像在調侃我。

「什、什麼啦。」

看我用慌亂的語氣回應，水澤用手肘輕輕地戳戳我。

「沒什麼啦，因為……」

「因、因為什麼。」

被我回問，水澤一面看著菊池同學，一面對我說悄悄話。

「明明看起來不怎麼顯眼，但菊池同學其實超可愛的。」

這句話讓我的思緒頓時停頓。雖然在眨眼睛，腦筋也在動，但我不知道現在該想些什麼才好，只是在空轉。

接著我沉默一會兒，要說之後可以拿什麼話回水澤，就只有「喔、喔喔。」這類曖昧回應。

「……怎麼了？」

那微妙的反應讓水澤納悶，該怎麼說，其實我也不明白。

只是聽到其他人稱讚菊池同學可愛，會覺得——心裡好像有點悶悶的，怎麼會這樣，聽到她被人誇獎應該是好事，我卻覺得心臟莫名地跳了一下？嗯，果然很莫名其妙。

「沒什麼。」

就這樣，與其說我是在說話，倒不如說我只是在發音而已，就只能說出那種不帶情感的言語，水澤則是笑笑的看著這一切。你、你那表情到底是怎樣。

＊　＊　＊

小玉玉跟菊池同學面對面。看起來就像小動物跟妖精待在一起，這個教室儼然變成一座精靈之森，然而跟這種閒寂的氣氛背道而馳，小玉玉嘴裡說出的第一句話是這個。

「原來風香跟友崎的關係很好!?」

那副模樣就好像某個笨蛋一樣，鼓起勇氣踏出一步，一口氣撞進某個人的懷裡，但同時又像某個笨蛋那樣，彷彿在中和撞進去的深度，語氣裡充滿破綻。嗯。因為小玉玉本性率真，所以她果然很快就學會了。

大概是這樣很出人意料吧，菊池同學呵呵地笑了出來，露出溫和的表情，看起來已經不緊張了，跟小玉玉四目相對。

「是的。有幸與他交上朋友。」

接著她臉上浮現慈愛的笑容。剛才的僵硬尷尬全沒了，平常在菊池同學周圍漂浮的微光都回來了。

小玉玉對菊池同學回以笑容。

「友崎最近變開朗了呢。」

當她說完，菊池同學眨眨像橡果的圓眼，那對眼眸宛如映照著雲朵和太陽的水潭一般，散發著光芒，她緩緩開口。

「是啊……像那樣改變自己，變成自己想要的樣子，我覺得是很棒的一件事情。」

那句話非常溫柔，就像是一首肯定這個世界的歌曲，留下不容冒犯的餘韻，充斥整間教室，只見水澤聽完露出驚訝的表情。

最後他用調侃人的目光看著我，拍拍我的背說「她這麼說呢。」。

「喔、喔喔。」

這調侃肯定是針對菊池同學稱讚我做出改變「很棒」一事。

但剛剛菊池同學說那句話，我想肯定不是只有針對我而已。

「……是這樣嗎？」

就像要前進內心的深處，小玉玉喃喃自語。

「是的……對我來說，我覺得很棒。」

「……這樣啊。」

就這樣，在最重要的部分，彷彿有兩道絲線纏繞在一塊兒，她們兩人互看彼此。

最後有人出聲了，聽那語氣似乎是想問出心裡真正想問的事情，這來自菊池同學。

「花火……最近還好嗎？」

面對那個問題，小玉玉用純真又精神飽滿的動作大大地點頭。

「嗯。雖然有時會覺得很討厭，但我沒事的！葵跟大家都會幫助我，友崎跟水澤也在協助我，我會好好加油！」

「呵呵。那就好。」

緊接著她用開朗的語氣說出這段樂觀話語。這讓菊池同學放心地笑了。

「謝謝妳擔心我！」

「不會。看來妳擁有許多可靠的夥伴，我很羨慕。」

「是啊！除了友崎，大家都很可靠！」

「喂。」

她們兩人說到一半，我插嘴吐槽。緊接著菊池同學就開心地偷笑。

「……面對如此艱難的情況，妳身邊還是聚集這麼多人，想必是因為大家都很喜歡花火吧。」

她說完露出溫和的微笑，像是在包容小玉玉。嗯，這種時候的菊池同學果然會長出翅膀，看得好清楚。

「那……那麼說太讓人害羞了！」

可能是因為小玉玉第一次沐浴在菊池同學的聖光中，她看起來手足無措，臉都紅了。

「呵呵。花火果然很棒，是很可愛的人。」

「就、就說……不、不是的，那是因為我身材比較矮小！」

「……身材？」

看到菊池同學錯愕地歪著頭，我跟水澤不禁噗哧地笑了出來。

「不、不是啦！不對！剛才那不算數！」

這時小玉玉紅著臉進入慌亂狀態。嗯。果然還是要先做實戰練習比較好。

「喂——小玉——別因為害羞而逃那麼遠啦。」

「說什麼啊！那是因為我很矮小！只是因為矮小，看起來才像距離很遠，我就在旁邊！又沒逃走！」

「啊，是這樣？」

「是、是啊！那是錯覺！」

「呵呵呵。妳果然很可愛。」

「就、就跟妳說了！」

像這樣看到一直誇獎小玉玉並把她耍得團團轉的菊池同學，還有被耍得團團轉，困擾地紅著臉的小玉玉，感覺莫名新鮮——撇除練習之類的不談，這兩個人能夠說上話或許真的是說對了，我在心裡想著。

＊　＊　＊

後來小玉玉跟菊池同學的對話暫時告一段落，大家一起走在走廊上。

「那麼……感覺怎樣？菊池同學。」

菊池同學待在那散發天女般的存在感，水澤用柔和的語氣問她。

之後菊池同學就露出高雅的笑容，對水澤這麼說。

「她很好聊。」

原來菊池同學也會對水澤展現她那美好的笑容啊，心裡面想著這種理所當然的事情，我聽他們兩人對話。嗯。

「那好。也就是說特訓成功了吧……對了，文也？」

「嗯？喔、喔喔。」

突然被人叫到名字，我不禁做出無力的回應。

「你怎麼在發呆？」

「咦，沒、沒有。沒什麼。」

「啊……你今天好像有點奇怪呢？」

「會、會嗎？沒那回事吧？」

「……嗯——」

後來水澤臉上就掛著意味深長的笑容，最後他不再看我。什麼，說真的，到底在搞什麼啊。

即便剛才那些對白將我的心擾亂，我們大家還是一起離開校舍，走上通往操場的路。

「那麼。也就是說剩下的重點在於小玉玉能不能對大家產生興趣吧。」

穿上鞋子的水澤邊把腳跟處調整好邊說，這時小玉玉有點沒自信地輕語「……說的是」。

要解決這個問題恐怕沒那麼簡單。

「文也你是因為什麼才開始對大家感興趣的？」

「我嗎？這個嘛，我是因為……」

我開始回想，去尋找讓自己改變心境的理由。

「我想契機應該是一開始，就算只有一點點也好，心中浮現想要了解對方的意念。知道其一就想知其二，大概就是這樣，興趣會越來越濃厚。」

「想去了解……」

小玉玉小小的聲音乘著秋風傳來。菊池同學則帶著嚴肅的表情默默聽我們說話。

「假如小玉玉跟我一樣，那恐怕部分原因是出在小玉玉不讓自己踏出第一步吧。」

這時小玉玉不安地望著我的臉。

「是我自己限制的？」

「嗯。像是覺得『那個世界跟我無關』，或是『覺得自己無法融入』。」

當我說完，小玉玉略為垂下眼眸。

「……或許是那樣吧。」

接著她肯定我的說法。小玉玉果然跟我很像。

因此我再度開口是帶著這樣的心情——當成是在對當時的自己說話。

「看到班上的人熱熱鬧鬧，若是打從心底認為『那個世界跟我無關』，或是『我無法融入』，那比起覺得這些都很虛幻，更會認為那些事情跟自己毫無關係，之後看什麼都很灰暗。」

聽完這句話，水澤輕輕地吐了一口氣。

「看什麼都很灰暗是嗎……」

灰暗。暑假的時候，菊池同學對我說過這句話。一面聽我們說話，菊池同學彷彿用那對清澈眼睛溫柔守望我們所有人的心，她走到我身邊。

「但那肯定都只是自己亂想的。若是想跳進去一探究竟，也真的跳進去了，那裡頭的景色就會逐漸染上色彩，之後就會慢慢覺得待在裡面沒問題，會開始變輕鬆，然後就會產生更多興趣，我是這麼想的。」

「……嗯，我好像有點明白你說的。」

說這話的時候，小玉玉就像在回想些什麼。

「所以不用先勉強自己抱持興趣，要先去想『如果我也去加入或許會樂在其中』，只要產生一絲絲想要了解的心情，那就會變成第一步。我就是像這樣被捲進去，自然而然就產生興趣了。」

「會自然而然產生興趣……」

就像在說給自己聽，小玉玉複述那段話。

小玉玉一直活在自己的世界裡，這肯定是她還沒踏出的一步。有日南在我背後推我，這才讓我下定決心踏出去，那是跨越世界的一大步。

在這一步之間，充斥著各式各樣的東西，例如主觀意識、恐懼或自暴自棄。要克服這些並不容易，但踏出去後會發現那裡的景色多采多姿，都是我未曾見過的。

「我想小玉玉可能不是那麼喜歡大家——但其實沒有人是真的壞到骨子裡。」

我的話就說到這邊。

那恐怕是我現在能盡最大力量說的「前進的理由」。

在那之後。靜靜地、彷彿能吸引周遭所有的目光——

菊池同學用那樣的聲音緩緩開口。

「——例如。」

「嗯？」

當我回問並看向菊池同學，她看起來有點像在祈禱的感覺，一直看著小玉玉一人。

「例如紺野很討厭輸給別人，不喜歡被人看扁。但是對於被她當成夥伴的人，她就會保留情面。」

像在朗讀書本一般，菊池同學開始用富含感情的語氣訴說。

「……風香？」

「還有秋山同學，她一定是對自己沒自信。因此為了要盡可能沖淡這樣的感覺，她才想去跟有自信的人交好。但換個角度看就會發現這是好的一面，為了改善自己的處境，她們自行思考並採取行動。」

我們三個人都被菊池同學的話吸引過去。

「另外再舉例……泉同學總是以別人為優先，沒有把自己擺在第一位，所以往往會吃虧。但那就表示她心地善良，能夠對別人的痛苦感同身受。」

接著菊池同學「呼——」地吐了一口氣，感覺就好像把一本書合上，然後面向前方。

「……就像這樣，在『教室』這個故事裡登場的人物，大家肯定都有自己的苦衷，有他們自己的煩惱，有他們自己的成長故事，或是用他們自己的方式欺騙。畢竟沒有任何一個人是心中完全沒有想法的。當然我、花火、水澤同學、友崎同學也是一樣。」

她說完就對小玉玉露出笑容，身上帶著如樹葉般的香氣。

「如果妳這麼想，我覺得一定會多少產生一些興趣。」

菊池同學說出的話語徹底奪去我的心神。仔細看發現水澤也不像平常的他，看起來為此感到訝異。然後他與我對上眼，意味深長地點點頭，又把視線轉開。

小玉玉一臉驚訝，但是看起來又有點豁達，定睛凝視著菊池同學。

然後她輕輕地點了點頭。

「……嗯，這教會我許多。謝謝你們，友崎、風香。」

「喔、喔喔。」

「不會。」

接著小玉玉率真地表示感謝，我也再一次害臊起來。這方面的防禦力不管經過多久都沒長進呢。人家菊池同學可是堂堂正正地接下了。

「我在想。」

這時水澤突然出聲。

「嗯？」

「文也你果然……還有菊池同學也是。雖然腳步緩慢，但你們確實在前進呢。」

「呃——是……這樣嗎？」

這話聽起來很抽象，讓我一頭霧水，而水澤微微地笑了一下。菊池同學則是用興趣濃厚的表情看著水澤。

「對。感覺就連掉在地面上的每一粒沙子都看在眼裡……正好跟我相反。」

那句話聽起來有點自嘲意味，但水澤的視線一直望向前方。

「那是……」

我原本打算探尋這句話背後的意思，不料水澤就像要打斷這些反應，他立刻接話。

「好了，這下總算有種撥雲見日的感覺，如何啊？小玉？」

我嘴裡發出「咦，喔、喔喔。」的聲音，被水澤搞糊塗了，此時小玉玉露出混雜膽怯與決心的表情，嘴裡呢喃出聲。

「嗯。我會試著努力看看。」

接著她又目不轉睛地向下看，就像在確認自己的模樣。

「我真的可以跟大家打成一片嗎？」

輕輕地，那句話伴隨一聲嘆息落下。

那聲音裡有著濃濃的痛切，但又充滿直率的心意——小玉玉這句話背後的意思是「不希望深實實難過」。在我聽來覺得她要的就是這個。

「嗯——一定會順利的。」

所以我的反應比在場任何人都快，給她強而有力的肯定。

緊接著小玉玉就抿著嘴脣，像在鼓舞自己似地點點頭。

「謝謝……我會加油！」

之後她說話的聲音就像平常那樣正直堅強，但又蘊含之前沒有的外放開朗，綻放燦爛的笑容。

＊　＊　＊

「人又變多了……而且連菊池同學都來了!?」

「晚、晚上好。」

不管怎麼想都覺得菊池同學登場太出人意料，深實實為此感到震驚，菊池同學即便手忙腳亂還是點頭致意，兩人在校內的操場上相望。

「啊，這個、嗯，晚上好！」

「晚安！」

菊池同學又打第二次招呼，然後向後退好幾步，只有身體的一成藏在我後方。嗯。突然就露出身體的九成，菊池同學也有所成長了呢。

「這、這是什麼組合!?」

「哈哈哈。讓人摸不著頭緒對吧。」

看深實實來不及掌握所有狀況，水澤愉快地笑著。操場上還有其他的田徑社社員，可能已經習慣我們來接深實實了吧，沒有特別在意我們。

「菊池同學也加入幫助小玉的團隊了嗎？」

「這、這個……」

深實實的問題讓菊池同學不知該做何回應。

「差不多是那樣。就是今天臨時加入友崎團隊來支援的感覺。」

像是要幫忙菊池同學，水澤馬上跳進來幫腔。果然夠帥氣。我也要盡可能表現才行。嗯。

「原、原來是這樣……？」

感覺深實實聽完還是有聽沒有懂，但她點點頭，裝出有聽懂的樣子。好強大的適應力。

「她原本就跟友崎很要好。所以才願意稍微來幫我們一下。」

當水澤說完，深實實整個人都僵掉了，眼神錯愕、嘴巴呆呆地張著。

「……咦？友崎嗎？」

接著深實實呆呆地問話，這讓水澤呵呵笑。

「是啊，很意外吧。」

緊接著深實實就帶著莫名詫異的眼神點點頭，在我跟菊池同學之間來回張望。

「是、是這樣啊。是、是喔——……」

「對、對啊……怎、怎麼了。」

她狂眨著眼看我，讓我很困惑。菊池同學則不知所措地看著斜下方，抬起眼一跟深實實對上就將目光別開，一下子對上一下子轉開。這氣氛是怎樣。

「嗯～……」

深實實一直用試探性的眼神觀察這樣的菊池同學。可能是因為太緊張了，她的臉逐漸變紅，但還是努力奮鬥，想要繼續跟深實實對看。八成是在想把眼睛轉開很失禮。她是天使。

謎樣的時光持續一會兒，最後深實實自言自語說出這番話。

「……好可愛。」

「咦……？」

深實實露出再嚴肅不過的表情，目光沒有從菊池同學身上移開。突然被人誇獎的菊池同學看起來甚至有點害怕。

「嗯……好可愛！」

深實實邊說邊對著菊池同學張開雙手，一副要接住她的樣子。

「我之前怎麼會漏掉這麼可愛的女孩呢！正合我的胃口！是僅次於小玉的優秀人才！歡迎來到七海的世界！」

「七海的世界……？」

這下深實實那一套徹底炸裂了，想必對此還不熟悉的菊池同學只感到困惑。

呃——要稍微出手幫忙一下才行。要搶在水澤之前。

「好了好了，深實實妳多少也該適可而止了吧。」

原本以為深實實會生氣地看我，沒想到她嘴裡發出一聲「哎唷」的驚呼，用雙手遮住眼睛，裝出在大哭的樣子。

「好、好過分……友崎不挺我，而是要去幫菊池同學對吧……」

「不對，問題不是那個吧！」

「友崎你都忘了吧……我們曾經一起度過充滿愛慾的每一天……」

「那什麼鬼！哪有一起度過那種日子！」

面對深實實的妄言，我焦急地猛力吐槽，接著深實實就露出燦笑。

「哦，吐槽的功力又增加了呢，軍師！這樣我耍白痴就值得了！」

深實實未免也太我行我素了吧，我不禁發出嘆息。

「就算要耍白痴好了，拜託妳別挑會讓人誤會的梗……」

「哈哈哈！這麼說也對！」

「真是的……」

後來我也跟著釋懷並露出笑容，跟深實實你看我我看你。她臉上也掛著滿意的表情，看來做到這邊就滿足了。

看我們這樣，水澤傻眼地聳聳肩膀。

「……我說你們兩個，就別再搞笑了吧？」

「話可不能這麼說，這位孝弘先生！我們夫婦二人搞笑是沒有劇本的！」

「不，那我早就知道了。」

「居、居然！」

「深深？大家都不覺得你們有劇本啊？」

「連小玉都這麼說!?」

情況就像這樣，我們大家一起在田徑社社辦旁邊開心吵鬧。

我不經意向別的地方看，結果發現菊池同學愣愣地看著這邊。看上去很驚訝，但又有如少女一般，用興致盎然的眼神看著。

然後她不經意用高雅的動作遮住嘴巴笑了出來。她小聲笑著，那表情非常溫柔，彷彿泛著一層光芒。

「……菊池同學？」

當我朝她搭話，菊池同學總算小聲說出一句話，彷彿有一股熱意從那小巧端正的嘴脣脫口而出。

「你們看起來——好開心。」

「……嗯？」

這時深實實不解地看著菊池同學。緊接著菊池同學就露出足以包容這一切的微笑，說話時用上溫順的音色，像是吸收到什麼重要的東西、帶點自我反省的意味，而在內側點亮的篝火之光又不禁外露。

「友崎同學為何會改變……我似乎有點明白了。」

深實實看樣子不曉得菊池同學在說什麼，她眨著眼凝視菊池同學。

「……嗯。或許吧。」

我給菊池同學一個簡短的回應並點點頭。這樣菊池同學肯定就能明白我的意思了吧。

然後我又把目光挪到別的地方，結果發現水澤就像之前那樣，一直在看我跟菊池同學。他緩緩地、輕輕地點了好幾次頭，嘴裡一面發出「唔——嗯」的聲音，那表情代表有某事讓他覺得很有趣。

「在、在看什麼啦。」

當我指出這點，水澤就帶著濃濃的笑意回答「沒有啊？沒什麼？」。看你那表情，怎麼可能沒什麼。

「不，肯定有什麼吧。」

「嗯嗯？聽你這麼說，你反倒想到什麼了？」

「在、在說什麼……！」

「怎麼啦文也？那你是想到──」

光這樣就讓我徹底失去平常心，連話都接不下去。

「啊啊夠了，別管了，我要回去了！」

我感情用事地大叫，包括菊池同學在內，大家都哈哈笑。

＊　＊　＊

我被騙了。

走在已經完全暗下來的放學路上，我感嘆自己太魯莽。

事情就發生在幾分鐘前。當時深實實換好衣服，再來要做的就剩回家。一開始是深實實先說「那我去一下洗手間」，然後就跟小玉玉一起消失在校舍裡。到這還沒有任何奇怪的處。但後來我們開始懷疑「怎麼那麼久還沒回來？」，水澤就跑去看看情況。當時我就應該有所察覺。

該發現水澤怎麼會去查看女廁的情況。

然後幾分鐘後收到水澤傳來的 LINE 訊息「我們先回去啦！加油。」，我這才恍然大悟。

也不知道水澤是想整我還是要幫我，恐怕他本就打算讓我跟菊池同學兩人獨處——

事情就是這樣，於是現在我就跟菊池同學一起走在微暗的鄉間道路上。可、可惡，水澤那傢伙。仔細想想那很明顯就是個陷阱，因為我經驗值不夠才會徹底被人騙去。這就是等級的差異。

但事到如今，我也只能接受了。

話說回來。照理說之前已經跟菊池同學兩個人一起去吃過飯，還去看過電影，但是像這樣毫無預警一起放學回家，還是莫名有種在跑遊戲特殊劇情的感覺，讓人有點緊張呢。是因為剛才一直被人大力捉弄，所以才會格外意識到？

「那個……」

當我欲言又止地開口後，菊池同學就看向這邊。即便距離六點已經有一大段時間，在這樣的微暗環境中，菊池同學的肌膚還是白皙美麗，宛如聖龍的白化版，那股魅力為整個空間增色，甚至讓人以為有施加魅惑人心的魔法。

正面迎戰這股魔力之餘，我還是從自己心中找出現在想跟菊池同學說的話。結果找來這句話。

「試著跟大家聊過之後，感覺怎樣？」

菊池同學之前恐怕都跟班上同學沒什麼交集。今天一口氣跟很多人產生交集，還跟他們聊了許多。我很好奇，不知道菊池同學對這件事情有何感想。題外話，我只記得水澤拿菊池同學的事情開我玩笑時，我的胸口莫名悸動，但那些暫且不談。

「那個……覺得心跳加速。」

「咦!?」

「因為平常沒什麼跟他們說話的人來了好幾個……」

「啊，嗯、原來是這樣。也對。」

「……？」

這時菊池同學錯愕地歪過頭。嗯。我剛好想到被人捉弄心跳加速的事，所以才嚇一跳，也是啦，她不是那個意思吧。

為了避免被菊池同學發現我產生微妙的誤解，故作鎮定的我繼續接著說。

「不過看到菊池同學像那樣跟大家一起聊天，感覺好新鮮。」

這一說讓菊池同學有點難為情，看起來有些嬌羞。

「說得也是……我也覺得很新鮮。」

接著她將手放在胸口上，再次開口。

「但我也一樣，就近看友崎同學像那樣跟大家一起開心談笑，也覺得很新鮮呢。」

「是、是嗎？」

只見菊池同學緩緩地、溫柔地點點頭。那笑容莫名有著蠱惑人心的作用，讓我的心像巧克力一樣，被體溫甜蜜地融化。

「嗯。雖然有在教室看過，但連我也一起加入群體在裡頭觀看那些景色，這還是第一次……感覺非常耀眼。」

菊池同學說完就綻放成熟又溫暖的笑容。

接著她筆直面向我，那頭髮灑滿月光，乘著秋風飄蕩，菊池同學抬頭仰望我。

「友崎同學──你總是讓我見識我不曾看過的景色呢。」

說這番話的菊池同學眼裡有個小小的宇宙，裡頭恆星的亮光顯然是生命象徵。

或許我早就被吸引進去了。

「嗯、嗯嗯……」

在那之後我幾乎呈現呆滯狀態，腦袋超負荷。

就算回到家裡也幾乎不記得在那之後的回家路上，自己都跟菊池同學說過什麼，只知道胸口那邊留有一絲讓人舒服的暖意。

真是夠了。菊池同學真的充滿魔性。

＊　＊　＊

隔天。小玉玉終於要來實踐「如何用可愛的方式跟人接觸」。

一開始的作戰計畫很簡單。就是要請深實實幫忙，讓小玉玉也一起加進去跟她們那群女孩子交流，試著跟她們對話。日南也在那群人之中，這點讓人更加安心。關於這方面的事情，昨天我跟菊池同學一起回去的那段時間，水澤似乎都已經在這個時候先去跟深實實講好了。不愧是能幹的男人。

第一節課是休息時間。小玉玉立刻跟深實實一起採取行動。

我在教室後方跟水澤一起觀望情況。

「不曉得結果會怎樣。」

「不曉得呢……」

至今為止班上同學都有輕微閃避小玉玉的傾向。在這種情況下，首先要停止對紺野欺負行為的反抗，重整班上的氣氛。然後為了除去小玉玉以前那種毫無破綻、跟人之間會產生隔閡的氣質，我們也做了特訓。針對這兩點改善後，小玉玉跟班上同學無法相處融洽的表面原因應該就沒了。

因此接下來需要的是——鼓起勇氣踏出一步。

「啊，對了對了。有件事情忘了說。」

這時水澤開口了，他突然想到什麼。

「嗯？怎麼了？」

「昨天跟小玉和深實實回去的時候。我有參考文也跟菊池同學說過的話，去跟深實實問了一些事情。」

「……去問一些事情？」

被我這麼一問，水澤接著說。

「文也，你說過想要跟人和睦相處，最重要的是『對人有興趣並接受他』，因此『試著稍微去了解對方是一大重點』對吧？」

「對，是那樣沒錯。」

我點點頭。

「然後菊池同學跟我們說了許多。告訴我們大家都是怎樣的人。」

「是有這回事。」

水澤說完就轉眼看向小玉玉和深實實。

「所以說。為了小玉，我也去請教深實實。看跟深實實要好的女孩子都是怎樣的女孩。」

「……好。」

「然後還問深實實，看她喜歡這些女孩的哪些地方。接著深實實就針對每個人仔細思考，還發表感想。小玉聽完好像有點驚訝呢。」

「……她說那些女孩都跟自己很不一樣？」

當我反問完這句，水澤說了聲「是啊。」並點點頭。

「她彷彿被人當頭棒喝。沒想到菊池同學和深實實面對班上同學都是那麼用心……也有可能單純只是感到驚訝，想說原來那些班上同學都有那麼好的優點。」

我慢慢地點了好幾次頭。

「那小玉玉是不是……開始稍微對大家產生興趣了？」

當我說完，水澤的頭一歪。

「不清楚耶？不過，你跟菊池同學教了她許多事情，而且跟自己感情最好的深實實也對大家有興趣，確實想去了解大家，小玉知道這些事情之後，我想她也會想試著努力看看吧。」

「這樣啊……嗯。那是好事。」

我點點頭。這個時候水澤的目光落到小玉玉身上。

「所以說這次——我想應該會很順利。」

接著他綻放溫和的微笑，嘴裡發出安心的嘆息。

「搞不好喔。」

當我心有說感地說完，水澤便露出調皮的壞笑。

然後馬上又用認真的表情面對我。

「總覺得這次我也學了不少呢。」

「怎、怎麼說這個。」

水澤一面呵呵笑，一面將手輕輕放在我的肩膀上。

「真不愧是軍師兼領隊。」

「不，這是水澤跟深實實擅自給我冠的頭銜！」

「哈哈哈。總之這下友崎團隊也已經盡力相助了。」

「團隊名稱果然是拿我的名字……」

就這樣，我們在遠方觀看拚命用開朗的語氣跟班上同學說話的小玉玉，一天就這麼結束了。

這天就算在遠方也能看出小玉玉的表情和動作「很可愛」，雖然只能斷斷續續聽見談話的內容，但可以確定的是現場整體氛圍都很開朗熱鬧。

看到小玉玉加入，一開始那群人之間還瀰漫一股緊張感，但來到午休，這種感覺就變得很薄弱了，看樣子大家開始接受小玉玉。大概是水澤有先跟深實實講好，在深實實的協助下，小玉玉好像用了好幾次「因為我很矮小」的梗。

也許只是表面上看起來接受小玉玉，直到昨天為止都還避之唯恐不及的班上同學突然加入，搞不好大家心裡還是有一些疙瘩存在。但時間一定會解決一切吧。

畢竟這下子班上氛圍應該就會逐漸有利於我們才對。

＊＊＊

「乾杯——！」

竹井先起頭，我們在飲料區——應該是跑來「小飲」一下，正在該區乾杯。

放學後，我們來到位在回家路線附近的家庭式餐廳。

目前這裡有我、小玉玉、水澤和竹井。今天社團活動會拖比較久，等社團活動結束，深實實應該就會來跟我們會合。

「那麼小玉，做起來的手感怎樣？」

被水澤這麼一問，小玉玉邊喝柳橙汁邊點點頭。

「若是我刻意用開朗的語氣說話，那聊起來就會越來越順。」

這句話讓我露出笑容。

「這樣啊……太好了。」

「嗯！謝謝大家！」

「唔喔～～～！太好了～～～～！」

竹井還是老樣子，他八成只是一知半解，但投入的情感卻比任何人都要來得多。

水澤看了露出苦笑，並重新主持大局。

「總之接下來應該只要順水推舟就行了吧。我想紺野也會慢慢不再欺負人。」

「咦，會這樣嗎？」

此時小玉玉錯愕地歪著頭。水澤對她點點頭，接著開口。

「這個嘛，我在猜。若是班上同學都站在小玉這邊，當小玉受到欺負，大家應該就會對紺野不爽吧？」

「我懂了，原來如此。」

這麼說我就懂了。是在說水澤之前提過的那個吧，說是紺野「很會拿捏其中的平衡」。我接著提出看法，想要確認一下猜的是否正確。

「也就是說，如果班上的氛圍對我們有利，紺野就會發現自己若是繼續騷擾人，下場會不妙吧。」

這話一出，水澤就笑著說「對對」。

「如此一來，因為紺野很擅長這方面的政治學，我想她會住手的。」

當我跟水澤確認完彼此的看法後，小玉玉便不解地歪頭。

「嗯～？」

「哈哈哈。就別在意那些小細節了。只是在說這下子問題應該會逐漸得到解決。」

「原來是這樣？唔──嗯，那我們來乾杯吧？」

「哈哈哈。也對。那我們再來一次，乾杯──！」

情況大概就是這樣，宴會繼續進行。

話說日南，妳看到了嗎？當妳在當控制狂，說「絕對不能改變小玉玉」的時候，我們這邊為達目的不擇手段，已經用正面迎戰的方式進攻，甚至在解決問題上有點眉目了。這樣妳還敢說改變小玉玉是錯的？

不過，妳為什麼要對「束縛小玉玉」那麼執著？

「對了。文也，昨天的情況怎樣？」

「咦？你說昨天？」

這讓我回過神轉頭看水澤。

「不不，你少裝蒜。不是跟菊池同學一起回去嗎？」

「喔、喔喔，在說這個啊……」

這時在我的腦海裡，菊池同學眼裡的宇宙復甦了。當時她說過的話又在我心裡響起。印象最深刻的就是當時腦袋過熱。

「……友崎？你臉好紅喔？」

「咦!?」

被小玉玉一指正，我便陷入慌亂。若是指出這點的人是水澤，那他很有可能只是在說謊逗我，但說話的人是小玉玉就另當別論。我的臉肯定變紅了。

「唔——嗯……看樣子放入的真心比想像中更多。」

這時水澤用壞心眼的表情笑說。

「說、說什麼真心。」

我說這話的時候目光飄向別處。

「啊，沒聽懂？那我是不是要直接開門見山說明白比較好？」

「啊——我已經聽懂了！都聽懂了，你不用說沒關係！不對不是這樣啦！」

「糟糕了～～～！小臂的青春到來！」

「別——鬧——啦——！」

就像這樣，我正被大家捉弄，接著就看到深實實從家庭式餐廳的入口處走過來。怎、怎麼會挑這種時間點過來。

「喔——！看來你們玩得正嗨！怎麼啦!?在聊什麼!?」

「沒、沒在聊什麼！」

冷汗狂冒的我奮力大叫。

4 成功與失敗選項只有一線之隔

沒想到隔天。不對勁的感覺大爆發。

原本以為班上的氛圍會逐漸有利於小玉玉，在這樣的影響下，紺野也越來越不會去找小玉玉麻煩。例如之前踢桌子的行為，或是去攻擊自動筆的筆芯、原子筆這類小東西，看來她現在都不幹那些了。

然而紺野集團中的人會說小玉玉壞話。就只有這個直到今日依然持續著。

後來。

就是這些壞話的內容讓我感到不對勁。

她們平常都會做些人身攻擊，像是在揶揄小玉玉剛毅的表現，說些話像是「不懂得看場合」、「自以為是」、「暴力女」，或是去責備小玉玉把紺野的手甩開那檔事。

不過今天的午休時間。跟平常都不一樣，我聽到這樣的話。

「她還以為自己是悲劇女主角啊──」

「竟然去勾引男人，根本是婊子。」

一開始還不知道她們說這些話背後的用意是什麼。但想了一會兒就有眉目了。假如我的預感正確……情況可能變得有點棘手。

所以這天放學後我去找水澤說話。

「水澤。」

「嗯？怎麼了。」

水澤邊轉動粗自動筆邊回我的話。

「可以借點時間嗎？」

我邊說邊對他招手。因為那些話在這邊不是很方便說。

水澤不疑有他，只是簡短地回了一聲「好」，之後就跟我一起來到樓梯間。

「怎麼了？」

「其實也沒什麼，就是……」

之後我壓低音量，將今天午休時間聽到的東西告知水澤。

跟他說紺野她們開始說別種壞話。說壞話時還會用到一些字眼像是「悲劇女主角」或「婊子」之類的。

緊接著水澤就不悅地擺出凝重表情，用室內鞋的鞋尖敲擊地面，發出「咚」的一聲。

接著他用有些焦慮的語氣開口。

「我們是不是……做事有點不夠謹慎。」

我點點頭。

是哪個部分讓我覺得不對勁。再加上水澤說我們「不夠謹慎」。

總結起來就是那個吧。

「昨天放學後我們四個人一起去家庭式餐廳，可能被她們撞見了。」

恐怕是在深實實過來之前，當時是我、小玉玉、水澤和竹井四個人在場。可能是這景象被紺野看到，或是被紺野集團的某個人撞見。

緊接著水澤也小聲說著「應該是那樣沒錯」。

「仔細想想會覺得看起來很像三個男人在守護小玉。繪里香看到可能會不爽……這下事情變得有點棘手了。」

「果然是這樣……」

「冷靜下來想想，不管怎麼看，去學校附近的家庭式餐廳都太危險了。班上同學常常會去那邊……可惡，因為作戰計畫成功，一時得意忘形……」

水澤懊惱地咬住脣瓣。

但仔細想來確實如此。就連那個日南目前都認為中村和泉假日膩在一起有疑慮。去學校附近的家庭式餐廳就更不用說了。

後來我們兩個人暫時陷入沉默。為了改善小玉玉的處境，我們做了一些事情，結果某部分卻適得其反。好不容易讓班上的氣氛改善，卻激怒元凶，這樣又會倒回去，讓之前那種不利的情況重演。

不過，在這裡垂頭喪氣也不是辦法。為了今後做打算，我跟水澤透露自己的想法。

「那個。這下紺野欺負人的行為可能會變本加厲吧。」

這話讓水澤皺起眉頭。

「很有可能。照繪里香的個性看來，她本來就討厭人家做那種事情，再加上當時那群人之中有我跟竹井，這樣也會扣分。」

「呃——果然是因為當時的人員組合原本跟紺野關係還不錯？」

「對。」水澤說著就靠到牆壁上。「……不過光就修二不在這點來看，算是不幸中的大幸。」

我順著他的話勾勒情況，接著不寒而慄。

「該怎麼說，這下情況糟透了，連我都看得出來……」

眼下情況是這樣，之前紺野喜歡的男人如今去挺她討厭的女人。紺野知道了一定會超不爽吧。按照紺野的思考邏輯推斷，她會透過更強烈的欺負行為來排解這種不快。可能會大肆找人出氣。

這下水澤臉上的表情幾乎沒了平常那份餘裕，他舔舔嘴唇。

「但無論如何，這下事情都麻煩了。所以說……之前我們採取行動都是針對改善班上的詭異氣氛，接下來可能要先對繪里香發動的攻擊保持警戒會比較好。」

我也贊同他的意見。

「的確……之前紺野只有做些不會留下證據的事情，但若是繼續這樣下去，讓她越來越不爽，那很有可能會耍些更明目張膽的手段。」

聽我說完，水澤也點點頭。

「要盡量找人跟在小玉身邊。目前深實實和葵都在負責這個部分，但我們也要盡量幫忙。」

「我明白了。還有日南或深實實跟小玉玉在一起的時候，我們最好也去保護她們的隨身物品。」

「說得對。畢竟不知道對方會做出什麼樣的事情來。」

「ＯＫ——」

我們兩個一起確認今後的方針後，開始邁步走回教室。假如情況惡化，那我們就要盡早出手，盡我們最大的努力。像這樣跟人討論就會得到一個人無法獲得的觀點。只要我們一點一滴朝解決問題邁進，就如同之前改變班上的氛圍那般，最後一定能走向終點。

腦海裡一面想著這些，我前往教室。

緊接著——我馬上嘗到懊惱的滋味。

因為我遲了一步。

＊　＊　＊

跟水澤一起回到教室的瞬間，我感覺到氣氛不太對勁。明明是放學後，班上卻莫名安靜。水澤似乎也感受到了，他馬上停在門附近，開始放眼環視教室。最後我跟水澤發現一件事。那就是教室中所有人的目光都集中在一點上。

小玉玉在那裡被日南和深實實包圍，癱坐在地上低著頭發抖。

我跟水澤面面相覷。不知道發生什麼事情。但可以確定的是，情況肯定嚴重。小玉玉之前是抱持那麼堅強的心，一路挺過來，現在卻癱坐在地上，彷彿受到挫折一般，看起來很脆弱。肯定發生什麼重大事件了。

當我朝小玉玉那邊觀望，水澤便靜靜地朝中村和竹井直直走去。大概是想要問問發生什麼事吧。我也跟隨他的腳步走過去。

「現在是什麼情形？」

水澤小聲詢問中村，中村也小聲回應。

「誰知道？」

「你不清楚？」

水澤又問一遍，接著中村就面有難色，用單調的語氣說了這句話。

「我也搞不清楚。好像是吊飾之類的出什麼事了。」

就在那瞬間，一股不祥的預感竄過四肢百骸。

我馬上想到一個可能性。

吊飾。

小玉玉低著頭。

還有變得更加不爽的紺野繪里香。

——難道是。

我趕緊走向小玉玉。做出這樣的舉動，感覺很不會看場合，教室裡人們的目光都集中在我身上。但我才不管。

我來到小玉玉身邊——然後就看到那樣東西。

小玉玉癱坐在地面上。日南跟深實實正在安慰她。

她手上握著某個角色吊飾，身上有橫線條，看起來像土偶。

而這個吊飾的背部被人撕裂。

我很震驚，連話都說不出來。

「這是深深送給我的……對不起……」

小玉玉低垂著頭，一直用顫抖的聲音小聲對深實實道歉。

深實實面帶笑容，表示她不放在心上，摸摸小玉玉的背。

「妳在說什麼啊。又不是小玉的錯！我再買一樣的就好了啊？好不好？」

「可是……這是當時妳送給大家的……」

「這種事用不著在意！我們大家再找機會用一樣的吧！好不好！」

深實實用開朗的語氣鼓勵小玉玉，但看樣子並沒有傳達到小玉玉心裡。

那扭曲的破裂口恐怕是被人用手指胡亂扯開的，小玉玉彷彿要將於事無補的懊悔灌注進去，反覆用指尖摩挲那個破裂口。

對小玉玉來說，「那個時候大家一起收到」跟「這個吊飾」肯定有特別的意義吧。我想深實實私底下其實也明白小玉玉的意思。但事情已經無法挽回了。因此為了安慰小玉玉，她才會這麼說。

「嗯……深深，對不起……」

之後小玉玉還是一直跟深實實道歉。她明明就沒做任何壞事。都是因為深實實給她很重要的東西，而這個東斯被弄壞了。

而且深實實肯定因此受傷了。

「真的很對不起……」

這句話一定來自小玉玉最真誠的心。

這是因為小玉玉不想讓深實實受到傷害，她一直在作戰。

我什麼話都說不出來，一直看著他們兩人，接著目光不經意跟小玉玉對上。

「友崎……」

「嗯？」

眼眶裡含著淚水，小玉玉呼喚我的名字。我盡可能用溫和的語氣回應。

「跟你說，發現這個的時候，紺野她們還在班上。」

小玉玉說話的時候一直看著吊飾。

「原來是……這樣啊？」

「嗯。所以我差點又要大叫，要紺野她們別太過分。」

「……這樣啊。」

「可是。友崎、水澤、竹井和風香，你們大家。大家都為我做了不少努力對吧？都在為我著想不是嗎？」

「……嗯。」

「這樣就更不想令這份努力白費吧……所以我忍住了。」

「……原來如此。嗯，妳好厲害。」

我就只能當個傾聽者。

只見小玉玉懊惱地咬著嘴脣，氣息紊亂。

「我努力忍住了……」

緊接著彷彿潰堤一般，她邊啜泣邊說了這句話。

「但我、已經有種、好想逃走的感覺……」

那讓我咬緊牙關。小玉玉是那麼樣的堅強，卻說出這種話。

想要逃走。

不管發生什麼事情，她都絕對不會讓自己的心屈服，即便是被立於全班頂點的紺野繪里香一再欺負、不管隨波逐流的同班同學如何閃避她，她都靠自己的力量支撐著自己，絕對不會被打垮，絕對不會認輸，這樣的小玉玉卻說出那種話。

如果只有自己受害，小玉玉一定能夠忍住。

然而重要的羈絆受到傷害。

還有最重要的，就是害珍視的朋友難過。

就是那點讓她再也無法忍受吧。

「——唔！」

我感覺到腦袋一熱。眼裡染上心痛，還有超越心痛的怒意。我環顧教室，雖然紺野繪里香本人已經不在了，但我還是看見其中一個紺野集團的人待在那邊。是被迫成為現行犯？還是來看看情況？或者只是單純在那而已。不管原因是什麼，很可能都與這件事有某種關聯。既然如此——

我深深地吸了一口氣，將矛頭指向其中一個紺野集團的成員。

「文也。」

此時有個冷靜的聲音從我正後方傳來，音量很小，它將我拉回現實。

「——這樣做真的是最妥當的嗎？」

當我轉過頭就發現水澤正在看著整間教室，眉頭深鎖。

「……抱歉。多謝幫忙。」

「不會。目前還沒有證據，她們的老大也不在，那麼做實在不適合。」

「也對。」

我的呼吸恢復沉穩，目光再次回到小玉玉身上。

緊接著。

原本在小玉玉旁邊陪她一起坐的日南突然無聲無息、直直地站了起來，渾身散發緊迫逼人的銳利氣息。

我的目光不禁被她奪去。

這是因為從未見過日南的眼神如此冷酷，且如此尖銳帶刺，她看著遠方的某一點。

「不可原諒。」

那跟平常完美女主角的形象相去甚遠，話裡充滿令人恐懼的怒火，不只是我，說話音量連在她附近的小玉玉和深實實都能聽見。

「……葵？」

看到模樣跟平常不同的日南，深實實感到吃驚。但日南對此絲毫不在意，只是冷冷地說「沒什麼，什麼事也沒有。」。

「……怎麼了？」

小玉玉也用有點害怕的目光望著日南。然而日南就只有說了句「沒事。不要緊的，包在我身上。」之後沒有多說什麼。

這個時候泉、竹井和中村也慢慢聚集過來。接著日南就變回平常的樣子。

事發過後，深實實和日南對大家說明事情原委。這個吊飾是深實實送給大家當禮物的，是同一套。那是無可取代的羈絆，是很重要的東西。而那樣東西卻以這種形式被人弄壞。

聽完這些，大家臉上都浮現悲痛的神情。

「那麼做……實在太過分了。」

很少看到水澤說話時臉上表情像這樣充滿憤怒。

「……繪里香做得太過火了。」

泉則是咬著嘴脣，看起來很懊惱，手緊緊握著裙襬。

「小玉……！抱歉，我什麼都沒能為妳做……！」

竹井自責地垂下眼眸，用很壓抑的聲音說完這句話。

「那傢伙在想什麼啊……」

中村皺起眉頭，眼睛一直瞪著教室門外。

「各位……謝謝你們。抱歉。」

一面擦拭淚水，小玉玉拚命想讓臉上的表情恢復正常。這份堅強再一次搖撼我們的心。

泉一直看著破損的吊飾，接著她突然出聲，似乎想到什麼。

「對、對了！我最近有在織東西！這樣的破損應該能修！我來修好！」

她邊說邊用手指比出一個「ＯＫ」手勢，似乎想用那種方式鼓勵人。

「……嗯。謝謝妳。那可以拜託妳嗎？」

眼裡依然有淚水殘留，小玉玉只能動動嘴假裝在笑。

「ＯＫ——！交給我吧！」

泉用開朗的語氣說完就蹲坐到小玉玉隔壁，開始觀察吊飾。接著像是要填補那段沉默，嘴裡說著「可以先這樣再這樣」……似乎在想要怎麼修理。

水澤見狀八成是想讓現場氣氛稍微快樂一點，他帶著戲弄人的表情跟泉說話。

「優鈴妳真的能夠修好？妳的手不是不夠巧嗎？」

聽人這麼說，泉為了讓場面熱絡起來，故意拉大嗓門吐槽。

「沒問題啦！我最近連面紙袋都可以做了！」

這讓水澤呵呵地笑了出來。

「那在編織物裡算是超簡單的玩意兒吧？」

「嗚……！被你發現了？」

泉回完話就氣呼呼地瞪著水澤。

雖然這段對白聽起來假假的，但還是讓現場氣氛稍微緩和。

「總而言之……今天先回去吧？」

這時日南將手放在小玉玉的肩膀上，一面這麼說。

「就是啊！我們會護送妳回去的！」

深實實也跟著附和，和日南一起對小玉玉綻放笑容。

「嗯……謝謝你們。就這麼辦。」

小玉玉說完緩緩站了起來。水澤見狀嘆了一口氣，拍拍日南和深實實的背。

「那今天就拜託妳們兩個了。」

「……這樣也好。」

我也對水澤的意見表示贊同。這種時候還是交給日南和深實實去處理會比較好吧。

泉聽了也猛點頭，我們就在教室裡目送日南等人離去。

之後大家都去參加社團活動，我就此踏上回家的路。

＊　＊　＊

隔天。課堂還沒開始前。

我跟水澤聚集在深實實的座位附近，在問她昨天小玉玉的情況如何。

「……嗯。我想她是真的受到很大的打擊。還是第一次看到小玉這樣。」

當深實實用消沉的語氣說完，水澤點點頭。

「這個嘛，難免會那樣。幹那種事實在太超過了。」

水澤的說話語氣少了平常那份柔和。裡頭確實參雜怒火。

「那她有稍微平復一點了嗎？」

被我這麼一問，深實實「唔──嗯」了一聲並歪過頭。

「跟她一起回去的時候，她雖然笑著說『謝謝妳，我已經不要緊了。』我卻覺得她在逞強……」

「這樣啊……」

我低下頭。小玉玉肯定是不希望深實實受到更大的傷害，所以才故作堅強。小玉玉確實擁有這樣的體貼之心，還有堅強的一面。

「總之今天大家就一直陪小玉一起行動吧。畢竟事情才剛發生，不知道接下來還會出什麼事。」

水澤邊說邊環顧教室。紺野跟小玉玉都還沒來，但可以感覺到教室裡的氣氛比平常更緊繃。

就在這個時候，我看到日南繼續跟上禮拜接觸過的秋山進行接觸。雖然還是不曉得那傢伙有什麼打算，但昨天才發生那種事情，隔天卻沒有來跟我們一起討論，就是讓人覺得很不自然。

而這天大家一起守護小玉玉，除了拿來當幌子的自動筆筆芯，其他東西都沒有被弄壞，就這樣來到放學時間——

今天放學後，有件事情發生了。

＊　＊　＊

放學後開完班會，大家就彷彿放出去的鳥，都在開心閒聊。

大概是上完廁所回來了，紺野從教室外帶著幾個女孩子回到教室裡頭，來到自己的桌子前方卻臉色大變。

「啊——這是在搞什麼。」

聽起來非常不爽，女王的聲音在班上響起。

那個聲音讓班上同學全都朝那邊看去。

「這個是誰弄壞的。」

聲音裡有著過度的壓迫感，只是短短一句話就充滿壓力，足以毀掉班上同學的談笑。

紺野手裡握著自動筆筆芯的盒子。

這麼看來，就是紺野的自動筆筆芯被某人弄壞吧？雖然不知道被弄壞的細節是什麼，但她竟然會如此強力斷言，那肯定不是偶然掉下去壞掉的吧。

但這麼說來，究竟是誰做的。

紺野不爽地把整間教室看一遍，眼神很殺。這股魄力讓大家都不敢出聲，只能在一旁觀望事態進展。

最後紺野的目光落在某個女孩子身上。

「我看是夏林搞的鬼吧。」

這句話讓小玉玉驚訝地睜大雙眼，接著頓了一陣子，看起來若有所思。她之所以沒有立刻強烈反駁，肯定是因為之前的特訓使然，正在找尋盡量不會讓現況更受刺激的話語和語氣吧。讓人難耐的緊繃時光充斥整個班級。

然而在下一刻開口的人不是小玉玉。

教室中央傳來聲音。

「剛才花火一直都跟我在一起喔？」

這聲音來自另一位班上的女頭頭。不是女王，而是地位穩固的完美女主角日南。

就像在看對方有幾斤幾兩重，紺野的目光緩緩射向日南。

「……搞什麼？葵妳沒事插什麼嘴？」

照她說話的樣子聽來，紺野根本不打算掩飾身上的不快，她出聲堵日南。

日南做出回應，露出柔和的笑容，但眼神又隱約散發強烈的從容感，她慢慢地開口。

「只是因為我能證明那不是花火做的，所以才出聲。」

「……哦——」

她們脣槍舌劍，一邊是冷酷地說話，另一邊則是拿出溫暖又充滿自信的語調。

「那真的是被人破壞的？不是妳弄掉的？」

「今天那樣東西都沒有從鉛筆盒拿出來，如果這樣還會弄掉，妳說的才有可能成立。」

每當她們雙方交火，氣氛就變得更加緊張。

但這也難怪。

這兩個人之前幾乎保持著井水不犯河水的關係。

那兩人是班上的核心人物，分別是兩大女子首領。

這次卻突然正面交鋒。

除了日南和紺野，彷彿不允許其他人發出聲音，教室內瀰漫著一觸即發的氛圍。

「總之不是花火做的。我想還有許多人都是目擊證人。」
「……喔是嗎？」
最後紺野似乎放棄了，她不再看日南，不爽地吐了一口氣。
然後她的目光又像蛇一般舔拭整間教室，這次定在另一個學生身上。
被紺野瞪的人就在她身邊——是秋山。
「那就是妳吧？」
「……咦？」
秋山看來驚訝，但她回話的時候不是很開心。
「『咦？』什麼。我說是不是妳幹的。」
「……不，不是我。」
「那是誰？」
「在鬼扯什麼……我哪知道。」
「……妳這是什麼態度？」
紺野問話的時候，眉頭都皺在一起了。
「沒什麼，是因為妳沒證據就血口噴人……未免太扯了吧。」
秋山看起來有點害怕，話也說得支支吾吾，但還是用強力的語氣放話，像是在給自己打氣一樣。紺野用腳底咚咚地踩著地面，看起來很不爽，一直瞪著秋山想要給她下馬威。被紺野這樣看的秋山明顯畏縮，但她沒有別開目光。

這樣的情況讓我覺得有點奇怪。

因為就我聽說的，秋山在紺野那幫人裡面受到最多壓榨，人家不想做的事情都推給她。

然而現在，不知為何，秋山即便感到害怕還是反抗紺野。

就好像找到什麼後盾一樣。

「還說什麼證據，妳從上禮拜開始就一直不對勁。」

這時秋山的眉毛抖了一下。

「怎麼了，說我不對勁？」

「跟我們的關係越來越壞。妳是跑去跟別人混在一起吧？」

紺野說到的「別人」肯定是指日南。不曉得為什麼，上禮拜日南常常跟秋山一起行動。

我在想恐怕是為了鋪陳什麼，但是到最後依然沒有解開這個謎團。話雖如此，眼下秋山在應對的時候，態度比較強勢，彷彿有人給她撐腰。再加上水澤曾經跟我說過秋山的處境。綜合這些跡象來看，似乎能在某種程度上看出日南究竟在做什麼。

「那什麼鬼，莫名其妙。」

即便語尾有些動搖，秋山還是洋裝不知情地做出回應。

不曉得日南對這般事態發展已事先預測到什麼程度。不過，若秋山背後真的有人當靠山——那肯定就是日南吧。

然而日南是給秋山什麼樣的後盾，又想利用秋山做什麼，這我還不清楚。照理說她應該不會藉著把自動筆筆芯弄斷來復仇，做出那種孩子氣的行為。既然如此，事情真相究竟是如何？

「話說我在做什麼，那都是我的自由吧？」

秋山對著斜下方看，說話語氣有些焦急。

緊接著紺野似乎覺得有機可乘，她露出嘲弄的笑容，帶著挑釁的語氣開口。

「啊——原來是那麼一回事啊？因為在我們這邊老是被欺負，妳討厭那樣，這才跑去加入別人的小圈圈是吧？最後要來個小小的復仇？這算什麼，遜斃了～那種土味都寫在妳臉上了，最好小心點喔？」

接著她露出充滿惡意的目光，笑著貶低秋山。

在那之後，秋山默默地瞪視紺野一會兒。可以看出她眼裡有憎恨和憤怒。

然後秋山似乎下定決心了，先是頓了一陣子，再用看不起人的表情笑著，慢慢道出這段字句。

「繪里香妳才是，老是穿那種黑色的露肩裝，看起來就像中學生一樣，有夠遜的。」

教室內頓時一片寂靜。直到剛才氣氛都還劍拔弩張，這下氣氛變得更僵硬了。

泉就在紺野身邊，只見她無比震驚地用雙手遮住嘴巴。

紺野身上彷彿有某個開關開啟，她逼近秋山。

「妳剛才說什麼？」

說話語氣充滿憤怒，是跟剛才截然不同的怒意。這些都寫在臉上，一目了然，甚至有種咄咄逼人的感覺。

然而秋山即便有好幾次都不敢看對方，卻還是不願屈服。

像是要點燃忽明忽滅的鬥志，她對紺野回嘴。

「……我不過就是說句妳平常穿黑色露肩裝，看起來像中學生遜斃了。還有……根本不會黏假睫毛，今天看起來也很不自然，有夠土的。」

秋山說完指指自己的眼睛四周。

「妳別太囂張——！」

激憤地說完這句，紺野又朝秋山踏出一步。

「呀！」

她突然用力把秋山推開。

秋山一時沒站穩，結結實實撞上位在後方的桌子。有人的文具放在上面，全都散落一地。然後秋山按住右眼，向前方低著頭。是剛才用來指眼睛的手指插進去了嗎？

「啊……」

紺野頓時慌了一下。八成是發現手指好像插進眼睛裡了，她焦急地開口說「那個……」。

照這個反應看來，她原本不打算做到這種地步吧。恐怕是因為秋山說的話正好刺中她完全不能忍受的部分，所以才反射性出手。

「沒、沒事吧……？」

其中一個紺野集團的成員來到秋山身邊蹲下。

「繪里香，這樣未免太……」

接著她嘴裡念念有詞，雖然聲音很小，卻對紺野說出這番話。

那成了開端，氣氛的走向逐漸有了變化。

其實那說來簡單。

之前紺野採取行動的時候，她都控制在不會被其他人責備的範圍內。

然而就在這瞬間，她越過界線了。

此時我想起一件事。以前泉曾經透露跟紺野有關的訊息。

紺野對於穿著和化妝很講究。

剛才秋山嘲弄的部分正中紅心，就是這塊。

想到這邊，我又有個念頭。

紺野的自尊心很高，自己身上的某個部分討厭被人看扁，現在卻被在她看來比自己還要低等的人嘲弄，肯定讓她憤怒無比。

——氣到就算下意識出手也不奇怪。

換句話說。從某個角度來看，那是紺野的弱點，攻擊這裡最有效，照理說秋山地位薄弱，卻不知為何如今能夠正中要害。從某方面來說這種情況很不自然，但若背後有人在操縱這一切，那恐怕就說的通了。

好比是日南在操控。

之前都不曉得日南在暗中打點什麼。不知道秋山跟日南究竟聊了什麼。

——若日南去周旋就是為了讓局面變成這樣，因而去跟秋山「分享一些壞話」。日南和秋山形成一個小型的共同體，而日南去操縱這個共同體之中的氛圍，灌輸秋山新的尺度，跟她說「紺野的穿著和假睫毛好土」。平常秋山都被紺野集團的「氛圍」吞噬，遜不遜都是紺野說了算，若有人在這個時候從外部給予新的價值觀，創造新的「氛圍」，給予新的尺度。那就可解釋秋山為何能像剛才那樣強力斷言。

日南藏在面具底下的另一張臉孔。她的惡意。還有最近出現的不對勁之處。

假設那些矛頭全都指在今日這一點上。

那推斷起來，剛才那事件肯定是日南創造出來的。

要引誘紺野「做出過分的行為」。

事實上就在那瞬間，班上氣氛慢慢有了定案，將決定紺野是壞人。

班上同學開始交頭接耳，用譴責的目光看著紺野。

「那個，美佳……」

紺野用迷惘的語氣呼喚秋山的名字。也許是想跟她道歉。不過剛才那件事情完全是紺野不對。若是像水澤說的那樣，紺野很會拿捏平衡性，以免班上氣氛不利於她，她很有可能在這選擇道歉。

誣賴人家是弄斷筆芯的犯人，這件事情也還沒了結，而這是她們自己內部的糾紛。這種時候就應該老老實實道歉吧。

不過——就在那個時候。

有一句銳利的話語像是要揭穿這個破綻，射穿紺野的眉心。

「快道歉。」

那句話是日南說的，用平板的語氣。沒有過度的裝飾，也沒有任何不合理之處，就只是很正當的要求。

然而就在這瞬間，紺野幾乎是反射性地「啊!?」了一聲。

「都怪她剛才太囂張！」

紺野一說完立刻有所驚覺，表情有點動搖。

有人動作更大，蹲在地上的秋山盯著紺野看，臉色很不好。

「……在說什麼啊。未免太扯了吧?」

她說話的語氣極度不悅。

紺野只是不小心說錯話。但任誰看了都能明顯發現這是紺野的破綻。

「不……剛才這是——」

看紺野臉上的表情似乎在找藉口,她說話的聲音也開始慌了。一時衝動就犯下這種錯誤,還講錯話。

面對這種情況,日南用像是在推量的冷靜目光觀察。在看紺野的目光動向、身體角度和表情。看人的眼神就像在尋找破綻,要用來打倒紺野,簡直就像一股冰冷的火焰。

紺野之所以會犯下那種失誤,恐怕也是日南惡意引出來的。

但班上同學都不知道日南的真面目,不可能發現這件事情。

教室內的氣氛開始逐漸一面倒。八成是發現這點,紺野的目光有些飄忽不定,看起來很慌張。在場眾人恐怕都沒看過紺野露出如此脆弱的表情。

像是要打擊顯露在外的弱點,一句簡短的話再度於教室內響起。

「繪里香,這樣不行。」

那是日南給的簡短斥責。裡頭只蘊含微量的責備語氣,那指責就只有短短數秒鐘。雖然這句話本身並沒有太大的力量,但已經足夠在此時指出「可以責備紺野」。

「一時衝動才做那種事可以理解,但做了不道歉可不行。」

彷彿要改寫班上的氛圍，那正當言論同時訴說著理性與感性，這讓紺野微微地張開嘴巴，想要尋找合適的話。但她還來不及找到將這股洪流推回去的最佳回應，「氛圍」這隻怪物就已經做出結論了。那股濁流將紺野吞噬。

「……剛才那樣的確不好。」

這句話來自另一位紺野集團的女性成員，她一直很擔心蹲坐在地上的秋山。

「剛才那完全是繪里香不對吧。」

然後其他來自紺野集團的女孩子也一直看著紺野，出言責備她。

「……唔！」

只見紺野的嘴唇慌亂地顫抖。就我所見，這兩人還是第一次站出來反抗紺野。

恐怕是紺野欺負人以至於班上氣氛持續惡化，因此帶給她們壓力，或者是紺野很會拿捏平衡，控制在要反抗卻不能反抗的範圍內，這種不合理待遇衍生出厭惡之情。那種負面情感也在累積。

而那些都在這瞬間潰堤。

「……不，其實我也這麼想。」

此時籃球社的橘出面認同那些跟班的說辭。在事先寫好的劇本裡，又加入一位演員。以此為契機，教室內的氣氛原本一度凍結，現在開始緩慢又確實地吞噬紺野，逐漸將她推入谷底。

「嗯，這讓人不太能接受。」「就不能至少道個歉嗎……」「她是女王大概辦不到吧。」

那些惡意開始傳染，惡意會讓惡意增幅，心中那股慾望用正義感包裝，化為言語上的暴力，全都打向紺野。而這份惡意的來源就是日南。

她的手腕和惡意讓我不禁背脊發涼。之前在談小玉玉處境的時候，日南那種拒絕讓我理解的眼神，我曾經看過好幾次，這種眼神又在腦海內復甦。

剛才那一幕彷彿是場人偶劇，只是連根手指頭都沒用。用言語化成絲線操控一切，然而這個當事人又裝出有些哀傷的表情望著紺野。

那模樣——就像是披著女主角皮的魔王。

「那我可以說句話嗎？」

此時橘對班上同學這麼說，想要吸引所有人的目光。教室內人們的視線緩緩聚集，都對準站在教室後門附近的橘。

接著橘就懶懶地靠在牆壁上，邊擺弄頭髮邊開口。

「反對暴力～」

他模仿紺野的辣妹語氣說了這句話。之前每次紺野跟小玉玉起衝突的時候，她都會像這樣抱怨。拿那句話當成表象化的理由，目的是把小玉玉塑造成「壞人」。換句話說，橘這麼做是在大力諷刺。

看到紺野說過的話反撲到自己身上，班上同學有三成都開始竊笑。

那樣的比例並不高，但平常紺野根本不可能受人嘲笑，想必這對她來說是很大的打擊。紺野惡狠狠地瞪視橘，只是不像平常那麼有魄力。

「什麼？就只是稍微拍一下。你懂什麼是暴力嗎？」

為了抵抗排山倒海而來的氛圍，紺野依然貫徹她那強勢表現。看上去已經沒什麼勝算了，但現在紺野恐怕只能這麼做吧。又或者是她只懂得這麼做。

「不懂的人是妳才對。」「真的。」「那夏林之前做的也不算暴力啦？」

這些話語化成利刃陸陸續續刺向紺野。引誘大家這麼做的肯定是日南沒錯，但日南給大家的恐怕不是用來攻擊紺野的利刃。

給的一定是——免死金牌。

一股挫折感原本就在班上持續累積。然而紺野利用身為領袖的權限，又或是運用與生俱來的威嚇感、運用言語和態度操控人心，讓底下的人不敢反抗她。雖然會利用身為首領的權利來做些蠻橫行為，卻控制在不至於過度蠻橫的範圍內。即便背後懷有明顯的惡意，表面上找藉口的時候依然控制在某種程度內。因此就不至於讓自己變成壞人，不至於被逼到必須道歉的地步。之前她找平林同學或小玉玉麻煩都是透過這類手法。

換句話說，她懂得對蠻橫的行為「拿捏平衡性」。八成就如水澤所說，紺野就是靠這些，才能一直在班上當女王吧。

然而就在剛才，那些都被毀了。

從入學以來保持一年以上的平衡恐怕是毀於一旦。

再來就只能默默看著潰堤之後的洪流將一切沖刷殆盡。

——照理說是這樣。

「這種時候果然還是應該道歉吧？」

日南又開口了。她是對著在自己左方的中村說的。

而這部分讓人感到莫名突兀。

剛才日南透過些許的眼神操作、微妙的身體傾斜和手腕動作來創造肢體語言。那些動作的幅度很小，沒有在觀察日南一舉一動的人是不會發現的。

日南平常總是使用一目了然的明確表情和動作，對照起來就會覺得剛才那些表現顯得很低調。是她想針對這種情況確實投以合適演技嗎？

「沒錯。繪里香，最近的事情完全都是妳不對，妳最好乖乖道歉。」

中村配合日南出聲。那番話聽起來似乎對紺野感到不滿。

就在這個瞬間，紺野大大地倒抽一口氣。

露出近乎苦悶的表情，就像被人用弓箭射中要害。

這透露著一種不自然的跡象，我持續觀察紺野的反應。

緊接著——我發現一件事情。

那就是日南還有埋下另一個陷阱。

「……搞什麼。」

紺野開始被不利的情況吞噬。

如今她的視線依然放在最初反抗的秋山身上，從剛才開始就一直看著她。當橘說話諷刺的時候，紺野的目光有稍微轉向那邊，但馬上就拉回秋山身上。首次顯現的惡意集中攻擊，八成讓紺野承受不住，所以才會自然而然去找容易對付的對手吧。因為我是弱角，因此有過好幾次類似經驗。在不利的情況下，被人用充滿惡意的目光看待，再也找不到比這個更恐怖的事。

依此類推。眼下對紺野來說，最可怕的就是剛才日南對中村說的那句話——「這種時候還是該道歉吧？」。

搞不好——紺野聽起來會覺得那句話像是「對她說的」。

因為在那個瞬間，日南使用「沒有關注她一舉一動就不會發現的微小肢體行為」來表達自己在跟誰說話。

也就是說，對紺野而言，那種情況就好像話是在對自己說的，中村卻「擅自插手」掩護——就算她聽起來變成這樣也不意外。

事實上，就在那瞬間，紺野驚訝地吸了一口氣，然後震驚地停住呼吸。

假如日南刻意安排一些言行就是為了引紺野會錯意。

那背後就有著過分巧妙計算和安排的策略，再加上黑暗扭曲的決心。

現在日南究竟有什麼看法，在想什麼、有什麼感覺。她戴著完美女主角的面具，從那表情完全看不出日南心裡在想什麼。

看起來打算趁勝追擊，日南繼續開口。

「如果妳現在道歉，美佳也會原諒妳的。對吧？」

之後的事我也沒有漏看。日南又使出跟剛才相同的手法。當她說「對吧？」的那一刻，這次換成對站在日南右邊的泉，用少許的肢體動作來表達她在跟誰說話。

……果然是這樣。

如果有在看日南，那些學生就會知道她其實是在跟誰說話。然而就跟剛才一樣，聽在紺野耳裡會覺得是在教訓她吧。面對這種刻意營造的錯覺，我倒抽一口氣。

「就是啊，繪里香。大家都知道妳只是一時衝動才那麼說。妳們就彼此道歉，讓事情一筆勾銷吧？」

緊接著紺野再一次停止呼吸。直到這個時候，我才看清日南究竟想要做什麼。而那過於邪惡的惡意讓我背脊發寒。

泉說出這樣的話，既溫暖又友善，是在顧及紺野的苦衷和心情。這次不對的人明明是紺野，泉卻很周到，甚至特意讓步，要她們「彼此道歉」。

假如紺野聽到這句話的時候沒有過度解讀，她有可能會跟泉的體恤妥協，最後用道歉的方式設法收場。

「……你們是怎樣。」

但是這句善心的發言——卻被魔王師了反轉魔法。

紺野用很殺的表情輪流瞪視中村和泉。接著情緒大爆發，用很厭惡的語氣開口，像是要把心底話全都說出來。

「別以為你們開始交往就能這麼囂張。」

聽了這句話，中村面無表情地看著紺野。泉則是呆愣地睜大眼睛，看起來既困惑又不知所措，她接著出聲。

「繪、繪里香……？」

我特意觀察整間教室的情況，而且知道日南的心眼有多壞，很清楚現場究竟發生什麼事了。

來看剛才日南跟中村和泉的對話，原本是日南輪流叫中村和泉，然後這兩個人做出回應，對日南的意見表示認同，勸紺野道歉。就只是這樣罷了。

然而在紺野看來，恐怕變成日南在對她說話，首先中村「擅自插嘴表示認同」，然後泉「搭中村的便車」加進來說話。

紺野原本就喜歡的中村過來責備她，對此，中村的女友泉又插嘴附和——那就變成這對情侶一起來教訓紺野。

引發了這樣的錯覺。

她喜歡那個男人，有個女人卻把這個男人搶走。這對情侶八成讓紺野覺得自己矮他們一大截，偏偏又是他們告訴紺野怎麼做才是正確的。對方溫和地告誡。我這個人沒什麼像樣的戀愛經驗，就連我都能推敲出那件事情會造成多大的壓力。

「妳看，就連他們兩人都這麼說了，不是嗎？」

彷彿在「兩人」造成的誤解之下畫了底線，像要刻意強調，魔王追加攻擊。聽完這句話，紺野臉上的表情再一次僵住。

雖然是女王，但紺野只是一名女高中生。有人去利用這樣一個人的愛戀之心，摘下她的心。

原來日南葵若是真的生氣，做法竟然是如此殘酷，我打心底感到顫慄。

「要恩愛就回家去做，這樣很噁心。」

紺野祭出很有壓迫感又很不爽的語氣，然而這些看在班上同學眼裡只像「不知為何紺野突然開始嫉妒中村和泉這對情侶」吧，想必那就是日南要的。

「這是什麼意思，他們兩個人又沒做錯什麼。」

當日南說完這番話，紺野明顯散發不爽的氣息，剛才她原本一屁股坐在桌子上，這時低著頭站了起來，用力踢了桌腳一下。

「……我說這兩個人真的有夠遜的。仗著他們開始交往就像這樣聯手作戰，有夠瞎的。」

紺野用挑釁的語氣放話，把那兩個人當白痴看。剛才那一連串摩擦中，曾經聽她像這樣狗眼看人低臭罵人好幾次。

語氣跟態度都一樣。照表面上的言行來看，就跟之前看慣的一樣，是以往的紺野。

不過。就在這個時候，教室中所有人都為那過於稀罕的事態屏住呼吸。

「到底在搞什麼鬼，把人看扁也該有個限度。」

這是因為那時——紺野眼裡流出淚水。

「要跟誰交往是個人自由，但像這樣故意表現出『我們默契很好』真的很噁。懂不懂啊？」

這話出自紺野繪里香嘴裡。紺野會錯意，以為中村和泉「自動自發」、「宣示他們是情侶」，在這種情況下告誡自己，對她而言會有那樣的焦躁反應一點都不奇怪。她情緒崩潰。

然而看看在場大多數人。也就是多數看著日南一舉一動的學生，他們會覺得紺野太過感情用事，突然開始出現奇怪的被害妄想症狀。人們大概只會這麼認為吧。而且看在大家眼裡，那模樣肯定不堪入目。

紺野已經完全被魔王放在手掌心裡玩弄。

「你們這對情侶簡直跟中學生沒兩樣。」

語氣和態度就跟平常一樣。只有表面上的行為很強勢，紺野持續用高壓的方式表現，她眼裡有淚水流下。

但彷彿那種東西根本不存在似的，似乎覺得自己不能那樣，紺野還是一樣用挑釁的方式說話。誰都不許碰觸這點。就像這樣充滿氣魄，女王看起來很強勢，但又很脆弱。

這景象很不自然，就好像把眼淚硬是加在之前的紺野身上，班上同學看了都啞口無言。

「……我說。」

就在這個時候，日南緩緩開口。紺野那溼潤的目光惡狠狠地看向日南。

「我懂繪里香妳的心情，但優鈴他們並沒有小看妳的意思。只是想跟妳和好。」

她用參雜一絲悲傷的語氣慢慢說服紺野。那模樣看起來簡直就是完美女主角會有的形象，在這個混亂的局面中，就只有她一個人保持中立，想要遏止這場紛爭。然而事實上，此人卻想透過壯大的自導自演手法來漁翁得利，那都是透過巧妙計算的惡意所造就的。日南刻意安排好讓紺野誤解，然後自己再跳出來溫和地告誡她，就只是這樣罷了。

紺野說什麼都不肯擦拭留下的淚水，自始至終都無視它們的存在，一面瞪視日南。

「我現在又沒有在跟妳說話？」

聲音裡帶著哭音，然而紺野說出那番話威脅對方，被日南四兩撥千斤化解掉。

「其實現在也是一樣……繪里香，我想妳應該是心中『喜歡人的心情』不受控制，才會不顧一切。」

「……唔！」

日南說出這句犀利的話，那自然呈現的手法不至於讓人討厭，並刻意強調「喜歡」這個部分。

就在那瞬間，紺野突然臉紅。而且慢慢變少的淚水再一次潰堤。

「我也有過這樣的經驗，所以我明白。但現在妳就先冷靜下來吧？好不好？」

就像在安撫小孩子，日南用溫和的語氣指點明路。那就宛如聖母一般，充滿溫和的包容力，看似如此，但這肯定是名為羞辱的惡意吧。如今紺野再次流淚並不是出自生氣和懊惱，而是基於羞恥。

這種做法太過殘酷，利用人心柔弱的部分。彷彿是一把專門用來傷害人的刀子。

即便是因為小玉玉受到傷害才讓日南如此惱怒——對於只能選擇這樣的做法，我依然覺得非常痛心。

「我又……沒有……！」

紺野原本是想反抗的，說到一半卻沒了聲音，就只能忍著不去擦拭淚水，低頭呆站在原地。

說真的，有鑒於之前紺野做出那些事情，日南創造的口頭論戰直到半路上都還勉強在可以容許的範圍內。畢竟紺野也正面跟人回嗆，那是她自己的選擇。可以說受到某種程度的傷害都是她自作自受。

可是像這樣顯現出壓倒性的實力差距，光是靠話語就能讓對方傷心至此，甚至讓紺野當著大家的面流下淚水。這顯然已經是單方面壓著對方打了。

繼續下去未免太過分了吧？

「——日南。」

我從後方靠近日南，悄悄輕戳她的背並呼喚她的名字。這傢伙很機靈，光這樣應該就明白我想要說什麼了吧。日南斜眼看我，我用強而有力的目光回看她，就先警告她一下。假如這樣還是不打算住手，那我也有我的方式。最近我脫離日南的掌控一個人活動，感覺我的技能點數都快花光了，但就算我所有的點數都沒了，還是能夠使用「垂死掙扎」。就像之前嗆人那樣，或許自己也會遭受巨大的反撲，但眼下那也是沒辦法的事。

緊接著就看到日南嘆口氣並垂下肩膀，然後拍拍手。

「好了！事情就到這邊結束吧！抱歉，一直說些奇怪的話。我想現在我沒辦法冷靜說話，所以等下次場面沒那麼火爆的時候再說吧。」

看樣子她願意安分把我的話聽進去。對外昭告等有機會再讓一切重新來過、這次就先不算數，日南開始用比剛才更高昂的語氣說話。

「總而言之，先把那個擦一擦吧？我看看，衛生紙在哪……」

日南邊說邊摸索口袋。但好像沒帶到，她轉而看向人在旁邊的中村。

「抱歉修二，可以借我衛生紙嗎？」

「好啊，沒問題。」

剛才發生的都不是日常景象，現在卻延伸出很日常的片段。現場依然殘留著讓人不知所以然的氣氛，中村按照日南的指示將手伸進口袋，接著取出那樣東西。

——就在這個時候，我注意到了。

發現日南心中的惡意之火還沒有消散。

「等等……！」

但我發現得太晚。那演技結束得太過自然。完全沒有讓人起疑，對話流暢。

我都還來不及制止，日南的惡意就刺向紺野。

中村取出那樣東西沒有交給日南，而是直接拿給紺野。接著看到自己遞出的東西就一臉驚訝。因為對方拜託他的過程絲毫不讓人起疑，所以連他自己都沒發現這件事情吧。

要說把東西給紺野的中村手裡拿著什麼，那就是——

一包面紙，外頭包著「親手編織的面紙套」。

不管是誰看了都能一下子認出那個面紙套不是中村所做。

那這又是誰製作的？答案很簡單。看到那樣東西，不曉得紺野會作何感想。

「……唔！」

紺野先是僵硬了幾秒鐘，之後就露出悲痛的表情——

然後把那樣東西用力伸手拍掉。

被人拍掉的面紙包離開中村的手，掉到地面上。班上同學都在看那彷彿被人扔在地上的面紙。

「……啊？」「剛才那是怎樣。」「怎麼搞的？」

伴隨著困惑，充滿厭惡的聲音四起。他們沒辦法看清有面紙套這樣東西，就算看到了，某些人可能也不明白那代表什麼吧。那麼看在這些學生眼裡，只覺得紺野在踐踏中村和日南的好意。

「不……」

彷彿在找話說，紺野的嘴脣微微張開。但班上某個男生的聲音卻不留情面找上紺野，把她的話打斷了。

「妳用不著那樣吧。」

剛才那些行動肯定是紺野在自我防衛吧。那樣東西就證明眼前這對情侶感情要好，是想早點擺脫別人將那個東西贈與她的窘境嗎？還是看了卻無法忍受？不管原因是什麼，肯定跟之前一樣，都是基於感情突然發作，是一種幾近不由自主的反抗。

然而班上同學的惡意已經被點燃，這個瑕疵足以讓那些惡意沸騰。

「對了，很久之前我就有個想法，覺得她未免太我行我素了吧。」

「說得沒錯，讓人覺得她是有多想當女王啊。」

「還以為所有事情都能按照自己的意思隨心所欲？」

那跟之前群眾之間交頭接耳竊竊私語的話都不一樣，每個人直截了當、說得真真切切，那些話全都刺向紺野。

被磨得鋒利的言語之刃插在紺野身上。

「因為喜歡的男人被人搶走就找別人洩恨，那樣未免太遜了吧。」

「是說她從剛才開始就一直哭，怎麼可能這樣就原諒她。」

之前發生的這些事實一直被人當作沒那回事，現在卻伴隨著惡意被迫呈現在眼前。伴隨著人們像是在竊笑、看不起人又嘲弄的話語，大家決定紺野是「敗犬」。

「……唔。」

紺野又開始微微發抖，說不出話。

就在這個時候，名為「氛圍」的怪物催生出一種毒素，讓紺野變成失敗者、「不入流」的人、邪惡存在。她已經無處可逃了。

這簡直就是以審判為名的凌遲。

「——這根本是妳自作自受吧？」

說出這句話的人是秋山。

這已經是明顯的言語暴力，說話的人甚至不打算遮掩一下。

班上氛圍甚至認定那殘酷的侵略行為是「善」。

這件事是在告訴班上的人可以認定紺野是壞蛋，為日南打造出的「免死金牌」添加可怕的刀刃。

沒錯。其實事情很簡單。

——那就是大勢已去。

在日南的巧妙操縱下，將氣氛朝某個方向誘導，把名為氛圍的怪物放出來。

如今那隻怪物的獠牙就要咬上紺野的咽喉。

「啊，我去廁所——」

這時有人若無其事地說了這句話，又是秋山。她臉上浮現有些事不關己、彷彿豁出去似地殘忍笑容，而這笑容若隱若現。

當她開始走動。秋山用明顯高於之前紺野做過的幾倍力道將她的桌子踢開。

這已經不是走一走不小心撞到，只是單純要給紺野排頭吃，就這樣用力踢下去。單純就只是一種暴力行為，不需加以修飾，甚至讓人覺得連隱藏的功夫都免了。

紺野的桌子大幅度傾斜，放在上面的鉛筆盒和文具統統散落在地上。

班上同學看了都開始暗自嘲笑紺野。並不是所有人都這樣，但這樣的氛圍不容許紺野反抗。

紺野用凶神惡煞的眼神瞪著秋山。但除了這個，紺野再也沒有辦法做其他事情，只是一直默默無語地瞪秋山。秋山也瞪回去。

而這情景對我來說是決定性的一幕。

比起班上的女王紺野，秋山的目光明顯更加強勢，把對手壓下去。

人們露出的獠牙和刀刃可不是只有這些。

「我也去廁所。」

伴隨著這句話，其中一個原本是紺野集團的成員將掉落在地的自動筆遠遠踢飛。這個時候又聽到班上某些人開始竊笑。紺野的自動筆用力旋轉，撞上好幾張桌子的桌腳，停在門旁邊的牆壁附近。

這已經成了令人害怕的失控集團。然而她們高舉的無疑就是「正義」，名為「懲罰班上的獨裁者紺野繪里香」。

只要有這個免死金牌在，「善良」的一方就會成為攻擊紺野的集團，沒人可以阻止他們做出這種蠻橫行為——

——我是這麼想的，恐怕連日南都那麼認為。

不過。

只有一個人不同。

「喂！大家不能像這樣群起圍攻一個人！」

此時班上響起率真正直、比任何事物都要來得堅定的開朗聲音。

我打從心底感到驚訝。

因為那實在太過強而有力、太過正確，還有——太過一如往常。讓我所有的意識都被那個聲音吸引過去。

這是因為，就在那個時候。小玉玉呈現大字型站在班級中央，說話語氣帶著透過特訓學到的開朗，她放眼環視迫害紺野的班上同學，就像平常那樣，理直氣壯地提醒大家。

「若是對紺野以牙還牙，那你們不就跟她一樣壞了！」

那是過於鮮明強烈的行為。

這幾個禮拜以來，小玉玉是被紺野欺負得最慘的。

跟自己朋友之間的寶物還被紺野撕裂。

即便如此，當這個主犯變成被害人，她還是會基於自己相信的「正義」，毫不猶豫斥責全班同學。

這就是小玉玉如假包換的——強大之處。

班上同學都驚訝地看著小玉玉。

因為照常理來看實在想不到事情會變成這樣。

班上同學並沒有直接受到欺負，但就在他們心中的某個角落，亦存有對紺野的厭惡之情。然而小玉玉受到的待遇可不只如此，幾乎每天都會被人踢桌子，帶來的東西被人弄壞，最後重要的吊飾還被人扯破。照理說被人這樣欺負是不可能原諒對方的，就算一直保持恨意也不奇怪。

——但她還是去譴責班上同學的「審判」行為，跳出來袒護紺野。

班上同學先是變得鴉雀無聲，最後開始吵雜起來。

大家相信刻意被創造出來的「善念」，他們或許無法理解如此極端的強大。

可能會像不久之前那樣，把小玉玉當成不懂得看場合的女孩子。

但這就是小玉玉最重要的「本質」，就算透過特訓故意創造破綻、改變表面上的說話方式也絕對不會改變它，比任何人都要來得正直。

所以不管接下來誰要對小玉玉說什麼，不管她會遭受什麼樣的待遇。

我絕對都要支持小玉玉的行動。

下定決心的我開始觀望事情進展。

——緊接著，就在那個時候。

「所以小玉我希望大家『偶爾』也能開開心心和睦相處！」（註1）

註1　日文中的小玉和偶爾同音。

小玉玉露出天真無邪的笑容，看來是要營造出搞笑的感覺。

「只要偶爾就行了！」

她渾身破綻，多到足以讓人發笑，刻意用很白痴的大動作豎起大拇指。

——整個班級頓時沉默了一下。

「……噗。」

這時教室某個角落傳出女孩子的笑聲。

仔細一看才發現聲音來自屬於日南集團的女孩子，是小玉玉透過深實實牽線才認識並交上朋友的。

那個女孩子一臉傻眼，彷彿被這股氣勢震懾住，用手捂著嘴。

「……總覺得，花火妳真的——很厲害呢？」

那句話透著一絲尊敬和驚訝，彷彿由內而外靜靜擴散出的漣漪。

像是在水面上逐漸擴大，那道漣漪越來越大。

「……哈哈哈。真的耶。雖然讓人嚇一跳，但或許花火說得對。」

這句話又是出自另一個女孩，在我們實施可愛度養成大作戰之後，她才跟小玉玉混熟。猶如被人潑了一盆冷水才清醒過來，她邊說話邊露出無所適從的笑容。

不僅如此。

「好吧，既然最大的被害人都要我們住手了……那我們何不住手。」

在那群愛運動的男生之中，有個男生邊說邊露出苦笑。

彷彿逐漸受到小玉玉的本性影響，班上同學都被那正直的發言感染。

——這景象看起來好耀眼。

在小玉玉還沒受到欺負前，她說的話未曾改變初衷。都沒有走樣。本質一點都沒變。

然而小玉玉的話在不久之前都沒辦法傳達給大家。

如今卻像這樣說到大家心裡，既強烈又直接，甚至來到讓人嘆為觀止的地步。

大家聽進去了。

在這段過程之中，我幾乎是在顫抖的。

小玉玉創造出她原本所沒有的破綻，讓說話方式變開朗，打造可愛度。

努力接受大家，讓自己對大家產生興趣，打壞自己製造出來的隔閡。

去挑戰自己不擅長的事情，認真起來努力改變照理說沒什麼不對的自己。

就在這個瞬間，那些改變肯定也起到作用。

自己心中有最重要的本質，她絕對不會讓這部分跟外界妥協。

由於她大幅度改變用來傳達這些的手段，還有為與人和諧共處做好心理準備，這才能將自己最重要的部分如實傳達出去。

如果只有我一個人，肯定無法引領她來到這個終點。

要來到那個充滿光明的地方，過程中大家必須一起討論、一起思考，還要一起堅強地撐下去。

不管是對小玉玉也好，對班上同學和我來說也罷，還有——恐怕得算上紺野。

這對大家來說肯定都是一個新境界，能夠包容一切、接受和原諒一切。

彷彿繃緊的絲線突然斷裂，班上同學開始發出傻眼的竊笑。

放眼看去會發現大家都露出鬆了一口氣的表情，看起來都很喜歡充滿破綻的小玉玉。

這時我不經意和小玉玉對上眼。

我馬上對她露出小小的微笑，就像在以師父的身分說「妳很努力！」。緊接著小玉玉有如太陽般笑容滿面，對我比了一個勝利手勢。

班上的氣氛開始變和平，不再凶險。

但是紺野卻破壞這樣的氣氛。

她一把抓起掉落在地面上的書包，也不去撿散落一地的文具，沒有看任何人，

踩著粗暴的步伐離開教室。

「繪里香！」

有人過去追徹底跟全班為敵的紺野，那個人就是泉。

其他紺野集團的成員都沒有採取行動，只是用眼睛看著。

班上原本鬧哄哄的，現在卻出現短暫的沉默。

最後安穩的氣氛慢慢回到教室裡。

「……你們還真行。」

水澤臉上就好像寫著「真是敗給你們了」，嘴裡這麼說著。目光在日南和小玉玉身上來回流連。

「葵，謝謝妳～～～～！」

這時秋山邊說邊跑向日南。用雙手握住日南的手，用力上下搖晃。

「別客氣。眼睛還好嗎？」

「應該沒事。只是稍微弄到！」

秋山邊說邊眨眼睛，然後朝上下左右看，在確認眼睛的情況。接著學泉說「OK——」。

最後她無地自容地看向小玉玉。

「對了……夏林，抱歉。」

彷彿在跟罪惡感抗爭，她目光閃爍。秋山對小玉玉道歉了。

追隨她的腳步，其他紺野集團的成員也靠近小玉玉，接二連三向小玉玉道歉。這是經歷一場紛爭之後的停戰協定。

「……」

小玉玉並沒有輕描淡寫帶過，用「沒關係」這句話原諒她們，但也沒有去追究她們的罪責。

而是用非常清澈但又很有分量的眼神看著秋山一行人。

「嗯。」

她用頗具人情味的語氣簡短回應，感覺背後帶有深刻的用意，然後儀態堂堂地點點頭。

以此為契機，班上的氣氛頓時緩和下來，人們開始對小玉玉道歉，也有人稱讚她，有些人則表示驚訝，其中帶點錯愕。

這時我看到日南慢慢靠近小玉玉。

「花火，謝謝妳……只靠我一個人大概沒辦法控制局面。」

那是令人害怕的虛偽話語。是她自己讓班上的人暴動，卻假裝想阻止也阻止不了，魔王這種所作所為真讓人看了眼花繚亂。但那句話聽起來又包含真切的感情，讓人說什麼都無法朝那方面聯想。

日南對小玉玉露出溫和的微笑。我原本是想加入她們的——但是聽到這樣的話，實在沒那個心情。已經知道日南滿肚子壞水，我就是沒辦法在這個時候佯裝不知情加入。也不想那麼做。

「別客氣。我也要謝謝葵……謝謝妳為我而戰。」

小玉玉就像平常那樣，筆直看著日南的臉，日南則是用慈愛的眼神回望。

接著她綻放溫柔的微笑，緩緩地搖搖頭。

「不，花火也很努力呢。」

「……嗯。」

小玉玉先是輕輕地低喃出聲，接著可能是想起之前在忍耐別人欺負她的那段時光，她露出有些落寞的笑容。然後別開目光向下看，嘴裡嘆了一口氣。

緊接著，說話總是直來直往的小玉玉很罕見地低著頭，小聲說出一句話。

「不過，我不是很想看到葵做出那種事情。」

她說完馬上將目光拉回正面，開始凝望日南的臉。臉上神情看起來很拚命，又有些不安，話中語氣充滿試探，不曾看小玉玉用這種方式說話。我彷彿被人當頭棒喝，目不轉睛地看著這一幕。

——做出那種事情的葵。

難道說，在講剛才日南心中燃燒的那股黑暗火焰。小玉玉已經察覺她不懷好意了嗎？

只見日南用錯愕的表情回看小玉玉，製造一段自然的空白，似乎在推敲小玉玉話裡的意思。接著——

「……哪種事情？」

日南說話的語尾沒有絲毫慌亂，漂亮地假裝自己一無所知。

面對這樣的日南，小玉玉一直望著她的眼睛，望著那對眼眸深處。剛才那段對話讓人聽了一頭霧水，再加上有一段奇妙的空白，周遭同學們你看我我看你，看起來都很納悶。

幾秒鐘過去。小玉玉看向教室門外，她一直看著那邊，再次小聲開口。

「——原來真的是這樣。」

她只說了這麼一句話，之後就沒有再多說什麼，最後小玉玉活用之前說過的特訓，用可愛的語氣說「抱歉，我要回去了！」，然後就從日南正前方經過，直接離開教室。

這件事情來得太突然，讓我愣在原地。剛才那段互動代表什麼，小玉玉又在想什麼。小玉玉是否有發現日南不懷好意，還是說小玉玉現在要孤身一人前往某個地方？要去思考的事情太多，讓我不知道現在的自己該如何行動。

在那之後，我發現有人靠到自己身旁，同時背被人拍了一下。

「你的判斷未免也下得太遲了，隊長。你可是文也，說什麼都會過去追她吧？既然這樣，當然是越早行動越好啦？」

我看過去才發現是水澤，正從身旁側眼看著我，挑起一邊的眉毛，臉上帶著酷酷的笑容。怎麼會帥成這樣。

但就是這個動作讓我的腦袋一下子清明起來。

「對喔，其實我這個人都是靠直覺行動的。」

「沒錯，我知道我知道。」

我一面跟水澤開玩笑，同時轉身背對日南等人，跟水澤一起來到教室外面。這個時候背後傳來深實實的聲音。

「等等！我們也一起去！」

那個提議讓我和水澤面面相覷，才要離開教室卻轉頭看後方。水澤帥氣地揮揮手，用輕描淡寫的語氣接話。

「抱歉，深實實。這是友崎團隊的任務，妳們先在這邊等。」

接著水澤說了聲「再會」，開始朝鞋櫃區快步前進。喔喔，那我是不是也該學水澤，先留下一句話再走？有鑒於此，我現在的腦袋很亂，決定就挑腦裡浮現的第一句話說出來。

「那個——現在就先交給我們處理吧！」

我帶著自信試著說出這句話，裡面用到的字不是「我」，而是「我們」，但對我而言，說「我們」反而更有自己成長許多的感覺。

＊　＊　＊

我們追過去，結果在鞋櫃區那邊逮到小玉玉。

「……友崎、水澤。」

發現是我們，小玉玉露出困惑的笑容。

「小玉玉……」

當我小聲呼喚，小玉玉就懊惱地搖搖頭。

接著用顫抖的聲音這麼說。

「我——害葵做出過分的事情。」

就在這瞬間。我不知道接下來該說什麼才好。

剛才小玉玉對日南說「不太想看到做出這種事情的葵」，另外還喃喃自語說「原來真的是這樣」。

聽到那些話，我原本以為小玉玉發現日南的某部分本性，並對她感到失望。

透過小玉玉正直的目光，和她不會說謊的誠實性格察覺。

還以為小玉玉可能透過那個日南的行動看穿一切。

我原本是這麼認為。

但事情卻不是這樣。

「照理說葵她應該不想那麼做的……」

「……小玉玉。」

小玉玉根本就沒有對日南感到失望。她恐怕已經發現剛才日南大肆布局，要用來對付紺野，祭出充滿惡意的陰險攻擊。恐怕小玉玉已經察覺真相了。而且也發現那些行為有多殘酷，八成還發現日南懷著扭曲的決心。

小玉玉用正直的心、能夠照亮一切的正義感，看透日南的黑暗面。

然而更多的是——

明明已經看透、已經看到日南扭曲的黑暗面，而且也確定了，卻有著更多——在小玉玉心中，她有個強烈的念頭，那就是願意繼續相信日南。

「小玉也注意到了是嗎……知道那是故意的。」

嘴裡吐出一口氣，水澤用手指抓抓脖子。

「嗯。我想那些全都是故意的。葵真的生氣了。」

「……大概是吧。」

我也對此表示同意。

「那傢伙果然深不可測……」

水澤皺著眉頭說出這番話。小玉玉則是抿著嘴脣輕輕點頭。

緊接著水澤偷偷跟我使眼色。嗯？

「總而言之，小玉妳先回教室一趟吧。大家都很擔心妳。」
「……說得也是，抱歉。水澤跟友崎，你們都很擔心我吧？」
「是啊。總之妳就說剛才有點嚇到，最好不要說葵故意做那些事情。」
「嗯。這部分我不會說的。」
「ＯＫ——那先這樣。」
聽水澤這麼說，小玉玉錯愕地仰望水澤。
「那你們呢？」
被小玉玉這麼一問，水澤答得若無其事。
「我啊，要去廁所。文也你陪我一下。」
水澤說完再次對我使了一個眼色。
「好，我知道了。」
他大概有什麼想法吧。我用自然的語氣回應。
「這樣啊。好。那再見。」
接著小玉玉把這句話說完就邁開步伐回到教室。
等腳步聲聽不見了，水澤才開口。
「我想——其實小玉猜對一半吧？」
雖然這句話很抽象，但我知道水澤想說什麼。
「……在說日南對吧？」

「是啊。」水澤點點頭回應，拿出跟平常一樣的調調。「……我是這麼想的。」

「嗯？」

水澤看著我，他從來沒有這麼認真過。

「我自認已經把那傢伙私底下隱藏和假裝出來的部分看透了。」

他邊說邊將手搭在鞋櫃上。

「關於這部分的事情，文也應該比我更了解吧？」

緊接著他凝視著我，甚至讓人覺得目光裡頭蘊含了一些鬥志。

「……這個嘛。」

就在這時，我想起一件事情。

水澤很敏銳，總是能夠輕易看穿我的想法。既然如此，他肯定也已經看穿日南的祕密了吧。

然而即便如此，我不確定是否該把目光別開，還是說那樣反倒會令對方懷疑？我實在不曉得該怎麼做。

——只不過，水澤都還沒有看出其中的真相，他卻不繼續用那種探尋的目光看我，還嘆了一口氣。

「……算了，就不追究了。就算是那樣好了，那也只是她選擇告訴文也，而不是跟我說吧。那這樣來逼問文也就不公平。」

「水澤……」

緊接著這次水澤換成盤起雙手，眼睛稍微向下看。

「你知道我喜歡葵對吧？」

同時他再一次目不轉睛地看著我。水澤明明才是開門見山說個人私事的人，但那眼神卻讓我很想把目光轉開。

「是那樣沒錯，之前集訓的時候聽說的。」

當我回答完，水澤就用從來不曾展露的筆直目光看我。

那雙眼跟小玉玉有點像。

「最近跟小玉和你在一起，我也學到一些事情。像是該怎麼把真心話直接說出來。」

「……這樣啊。」

「那我就要清楚說出自己想說的囉？」

我默默地點頭。然後定睛與水澤相望，等他把話說出來。

水澤的眼神就像平常那樣，有點冷淡，但他用帶著感情的語氣開口。

「我喜歡葵——那文也你對葵有什麼想法？」

這句話不偏不倚說進我的心坎裡。

那是我從來沒有體驗過的感情，就連在我心裡也不是很清晰。是種模糊的輪廓。

——友崎文也究竟是怎麼看日南葵的。

我就像平常那樣探索自己的內心，潛進心靈深處，想要把那裡的所有感情和念頭都具體化成言語。

水澤默不作聲，一直在觀察我的表情。

看起來不像在探索什麼，而是想知道我會說出什麼樣的話。

就只是在等這個吧。

因此我決定將目前自己心中真正的情感如實傳達。

「我——」

＊　＊　＊

我跟水澤一起默默地走在走廊上，要回教室。

在又細又長的通道上，走路時鞋子敲出冰冷的聲響。

在窗戶的另一邊，樹葉掉光的蕭瑟草木林立。

這個時候的我正在思考。

針對日南今天的行動。

想想自己對這樣的行動作何感想。

還有——對於剛才被水澤面對面問的問題。

日南確實很激憤。

然而她感到激憤的同時，還是冷靜地逐一安排。

這次的事態發展有許多不確定性和即興演出，不曉得有多少是按照日南事先設想好的劇本進行。

不過，日南跟中村說要他盡量避免跟泉見面，導致中村對紺野的不滿增加，若是運用這個棋子，應該還是能在某種程度上臨機應變。

既然如此，那種殘酷的做法肯定經過日南冷靜計算，是她所希望的吧。

在吊飾被弄壞之前，也許日南想要採取更溫和一點的作戰方式也說不定。然而在那之後，日南把紺野傷的那麼深，利用班上的氛圍狠狠刺傷她，將她推落谷底。日南是故意這麼做的。

那麼說真的——我就無法理解了。

假如做出那些事情不是順勢而為，而是預先經過安排。裡頭肯定蘊含別人無法諒解的幽深黑暗面，以及絕情。

但是——可能是聽到小玉玉說她相信日南吧。
還是因為之前都是以那傢伙「徒弟」的身分行動，才產生信賴？
又或者是 nanashi 和 NO NAME 彼此之間的羈絆及直覺讓我這麼想。
或是——在我心裡有某種感情，比那些更為深刻。
即便看到如此殘酷、冷血無情的日南，就算是這樣。

我還是願意去相信真正的她不是那種人。

這幾個禮拜以來，日南都怪怪的。
我不禁覺得這一點——或是藏在那背後的某件事情，才是導致日南做出殘酷行為的元凶。

而這是信賴、羈絆或直覺，推測臆測或願望，抑或是別的。
其實連我自己都一團亂，說不出所以然來。
但我還是想要找出這種不對勁之處究竟來自何方，是日南讓這場名為人生的遊戲增添色彩，我想要深入理解這個人。之後再往前進。
對，我發自內心這麼想。
既然如此——

面對水澤的問題，這些全都是答案吧。

他問我對日南是怎麼想的。

我肯定——想要更深入了解日南這個人。

5 持續鍛鍊初期裝備通常會變成最強的寶劍

事發之後過了幾天。

在小玉玉的當頭棒喝下，同學們對紺野的負面情感開始逐漸收斂，至於紺野，雖然還不至於回去當團體裡的頭頭，但是在班上的辣妹群體之中，她還是取回一定的地位。當然因為那件事情使然，她變得很少在眾人面前用霸道的方式指揮人，但她還是被群體接納，變回班上的其中一個風雲人物。

也許一部分是出自紺野很會搞政治，也很會拿捏平衡性，但更重要的是泉給予支持，我想這部分影響力更大。

事件剛發生不久，雖不至於遭受迫害，但大家都把紺野當成路人甲，就只有泉一直陪在她身邊。

當然，欺負人的行為也停止了。對小玉玉的排擠，還有當天暫時排擠紺野的行為，這些全都消失得一乾二淨。

那再來看看當事人小玉玉的處境如何——

「小玉玉！要不要去唱歌？」

「咦，該怎麼辦呢。那大家一起去我就去！」

「小玉說這什麼話！好有愛喔～！」

「吵死了！好了啦，我們走！」

「啊哈哈。又在打情罵俏了～！」

「咦，等等！這又不是打情罵俏！」

「妳又來了～」

──一言以蔽之，那就是她的朋友增加不少。

自從實施提升可愛度的大作戰之後，大家開始慢慢接受小玉玉，因為之前她點醒班上同學，也幫助穩固她的地位。人們都認定小玉玉是「堅定到不尋常但人很好的傢伙」。

後來大家彷彿是想既然這個人那麼好，那就是自己人了，每次小玉玉直來直往說出自己的意見，班上同學都會覺得「她還是老樣子」，覺得小玉玉可愛，願意接受她。

小玉玉的本質已經變成一種角色特性，大家都能接受。

──我想這就是所謂的「角色特性深入人心」。

但大家的幫忙和特訓成果帶來的「可愛度」當然起到莫大效果，這方面自然不用多說。

而我現在正跟一大群人來到放學路上會經過的家庭式餐廳。

跟我一起的人有水澤、中村、竹井、日南、深實實、泉和小玉玉。

「中村你好煩喔！我是絕對不會做的！」

「受不了，妳這傢伙真的不願意妥協耶……」

沒想到中村跟小玉玉居然在這拌嘴。

光靠提升可愛度大作戰，中村沒能跟小玉玉和好，但自從小玉玉幫助過紺野，中村的態度就軟化了。

關於這點，水澤說「其實他只是需要找個理由來原諒對方」。

小玉玉不願意屈服，去跟這樣的人妥協，中村會覺得自己輸了。身為班上的領導人物，可不能發生這種事情。因此需要先有一段「故事」，讓班上同學都被說服，覺得「如果是這樣，中村即便是妥協也無妨。」而發生紺野那件事情，拿這個來做文章已經足夠了。這樣想來會覺得在上位者果然不好當。

「來——！大家看這邊～！」

這時深實實將兩手伸直舉高，開始叫大家。

當大家都開始看她，她就咳了一下輕輕喉嚨。

「呃——這次把大家找過來不為別的——」

正經八百地說完這句話，深實實從書包拿出一個大大的紙袋。然後——

「這是援軍！」

她說出很像軍師的謎樣話語，將紙袋裡的東西扔到桌子上。

色彩繽紛的物體紛紛傾巢而出，布滿整張桌子。

從袋子裡跑出來的是──這裡人人有份，看起來像土偶又有條紋的吊飾。

「咦，這是……」

只見小玉玉驚訝地出聲。其他人都笑咪咪的。

沒錯。其實今天我們所有人都講好了。

「呵、呵、呵。小玉，看看這邊。」

深實實邊說邊將那些吊飾一個接著一個翻面，讓吊飾全都背朝外。等這些吊飾的背都露出來，她露出連牙齒都會發光的笑容。

「這樣就再也不會出任何問題了！」

她邊說邊豎起大拇指。

看到眼前這片光景，小玉玉愣愣地笑了。嗯，看到這個十之八九會很傻眼吧。不能怪她。

「……能想到這種點子，肯定是友崎出的主意吧？」

「咦，妳怎麼知道。」

被小玉玉猜中讓我心頭跳了一下。這確實是我的點子。

我們眼前放著八個吊飾，在這些五顏六色的條紋土偶身上，分別都有著紅色的縫線。

因為小玉玉的吊飾被紺野扯開，我就想到這個點子。

若是小玉玉的吊飾背部會被人撕開，而那樣又會讓「這個吊飾」險些喪失特殊性——那就把其他所有吊飾的背都撕開，用一樣的方式縫補，不就又能湊成一套了嗎？

緊接著，小玉玉露出比平常更加成熟一些的笑容。

「友崎你也是個笨蛋呢……不過，謝謝你！」

我、深實實和日南原本就有的吊飾自然不在話下，另外又買新的給水澤、中村、竹井和泉，刻意把那些撕開再縫補回去。說蠢是滿蠢的。

「這堆都是我努力縫的喔！」

這時泉用得意洋洋的表情炫耀。不過要縫八人份，確實滿辛苦的吧。怪不得會想炫耀一下。

「但這裡沒縫好呢？」

「咦，騙人!?」

中村出聲調侃人，泉則用非常焦急的神情望著他手指指的地方。他們兩人感情不錯真是太好了。

「嗯，是騙人的。」

「原、原來是假的……唔，不能說謊！」

看他們兩人這樣，日南涼涼地介入。

「好了好了，別打情罵俏、別打情罵俏。」

「不，我們又沒有在打情罵俏。」

「就、就是說啊！」

中村毅然決然地做出回應，泉的答案則顯得不是很堅定。

「糟糕～～～！該選哪個才好～！」

此時對話突然被人打斷，竹井他開心地望著那些色彩繽紛的吊飾。

「來──各位稍安勿躁！現在他們的臉又要出來見人了，請大家挑選自己喜歡的土偶！」

當深實實說完，水澤看似拿她沒轍地笑了。

「但我覺得臉都一樣啊？」

「好了就別抱怨這部分了！在我看來每隻都不一樣！」

深實實邊說邊把吊飾的臉翻到上方，按照順序排列，讓吊飾圍成圓形。

「你看！完全不一樣吧？」

「是嗎這樣啊，看來深實實眼力很好呢。」

「喔喔？要來戰嗎～!?」

後來他們兩人就開心對峙，用雙眼瞪著對方。看來水澤也很懂得應付深實實。

這時日南嘴裡突然唸唸有詞。

「不過……像這樣排在一起，看起來滿漂亮的呢。」

她靜靜地說著，讓大家的目光都聚集到桌子上。

的確，看看這些排成圓形的條紋土偶，每隻的顏色都不一樣——看起來好繽紛。

「……的確很美。」

當我小聲說出這句話，深實實也心有說感地大幅度點頭。

「對啊！確實如此！五顏六色又是圓形的，看起來很像煙火呢！」

深實實這話一說完，她立刻有所驚覺地「啊」了一聲。緊接著小玉玉就用力指著深實實，得意地笑了。

「看起來只像煙火！」（註2）

「別、別搶走我的台詞！」

深實實狼狽地接話。嗯，「只要偶爾」的諧音梗本名版出現了。

「對了對了，我們也該來挑選了吧!?」

這時竹井迫不及待地開口。是有那麼想要這個吊飾啊。

「啊——先等一下！有四個人原本就拿到吊飾了，先請你們把自己的土偶回收！」

深實實裝出這邊有麥克風的樣子，在那當主持人。這次是什麼。在學街頭宣傳車之類的？

「啊～～～！我比較喜歡這個顏色，原來那是友崎的啊～～～！」

註2　這裡的煙火就是日文「花火」。

「對、對啊。抱歉。」

說真的顏色這種東西隨便都好吧。好惡分明這點又是很有竹井風格的地方。

「好啦——接下來，剩下幾位就從那四隻裡頭挑選喜歡的！那邊那位可別選到整個人都栽進去～！」

後來在深實實的指示下，水澤、中村、竹井和泉選出屬於他們自己的吊飾，土偶分發完成。還有看樣子深實實不是在學街頭宣傳車，更像是游泳池的監視人員。

那四個人另外拿到新的土偶之後，就跟我們之前一樣，他們開始觀察這些吊飾。這、這種反應莫非是——

在短暫的沉默之後，水澤發出低喃。

「這個該怎麼說，好那個……」

聽水澤這麼說，中村、泉和竹井都跟著點點頭。

「對，你說對了。」

「嗯，真的會有那種感覺。」

「也是吼!?」

還是來了。第二次的現充實驗。當時就只有我一個人抱持不同論點，飽受那份孤獨感折磨。但在那之後，我逐漸培養出屬於現充的感性，對這種吊飾的觀感也逐漸改變！

因此為了一雪前恥，我跟嘴裡說著「有那種感覺」的大家步調一致。

緊接著下一刻。水澤、中村、竹井、泉和我同時開口。

「「「一點都不可愛。」」」

「「好可愛。」」

水澤、中村和泉這三人說不可愛，就只有我和竹井兩個人說可愛。

看到那景象，水澤噗哧一聲笑了出來。

「哈哈哈！文也跟竹井果然很像啊？」

那句話讓我無從反駁，只能暗自感到懊惱。好吧我知道自己跟他有點像，但就是無法接受！

後記

各位好久不見。我是屋久悠樹。

本作《弱角友崎同學》系列很快的也出到第五集了。去年五月才出完第一集，時光匆匆飛逝，每天都為輕小說的出版速度感到驚訝。

但是放眼周遭才發現有許多人出書的速度比這個更快，讓人不禁覺得這個世界宛如魔境。

那接下來，這裡有個消息要告訴各位。之前有說過本系列作品要畫成漫畫，已經決定負責的漫畫家了。

負責本作的人是千田衛人老師，有畫過原創作品《Girls go around》，以及為電視版動畫《花開物語》繪製漫畫等等。

我已經拜見過角色設計和章節的標題等物，不僅有抓到原作的重點，還使用大量讓我意想不到的演出和表現，那是漫畫才會有的，讓我滿心期待，心想畫好的漫畫應該會很新鮮有趣。在感到新鮮的同時，看了肯定也會覺得這就是《弱角友崎同學》，還請各位安心等待。

這部漫畫會在 SQUARE ENIX 發行的《GANGAN JOKER》一月號（二〇一七

年十二月二十二日發售）上展開連載，還請各位務必賞光。

話說本系列作品從無到有展開，歷經一年半就被畫成漫畫。我想各位讀者的支持、在工作上提供協助的諸位人員必定功不可沒。

有鑒於此，我要向各位表達感謝之意，同時還有一件事情必須告訴大家。那就是這集其中一張彩頁插圖中「放學回家的三個男生衣服穿不一樣」。

總覺得有人會說前面分享一堆消息，到頭來還是要說這個嘛？別以為先跟大家道謝就沒事了，但我就是想說這個，沒辦法。

大家若是有看就會發現友崎、水澤和竹井雖然穿著相同款式的制服，他們的穿法卻大不相同。這裡想要展現的並非單純只有「穿著不同」，肯定還包括「性格差異」。

竹井讓襯衫的上下方鈕釦大開，表示他這個人是比較活潑的。而且底下露出來的T恤顏色也是粉紅色。胸口那邊露很多。就像這樣，透過各種要素展現竹井的嗨度。

相對的，水澤則是帥氣地穿上制服外套，看起來很有型。但是注意看他胸前會發現領帶沒有綁緊，襯衫的鈕釦也是打開的。這說明他平常雖然帥氣，但也不是那麼正經八百，可以說水澤的性格都反映在上面了。

而友崎穿了背心，上面又綁著領帶，這種穿法有點奇怪。難就難在要怎麼解讀，在我看來會覺得友崎明明不是現充，但又想知道該怎麼穿制服才能像現充那樣隨興有型，才做出這樣的嘗試，感覺有點可憐。

也就是說不需透過言語，藉著這種小細節就能看出角色有什麼樣的背景。只是碰巧捕捉到這個瞬間，就讓角色栩栩如生。

我覺得這些插圖真的很棒，能夠讓人有那樣的想像。

再來要發表感言。

給負責插畫的 Fly 老師。感謝您這次也畫出清爽又可愛的插圖。我是會在「GAGA channel」上露臉的那種低調瘋狂粉絲。

給責任編輯岩淺大人。這次真的很操勞。感謝您好幾次都陪我熬到早上。

還有各位讀者。你們給了回函或是粉絲來信，還會給感想等等，這些都變成我創作的動力。一直以來多謝關照。

此外，在這篇後記之後還有收入上一集的店鋪購入特典——特別短篇「兩人的祕密」。如果不是住在關東地區八成很難獲得，不嫌棄的話，請各位繼續享用。

那麼，希望下一集也有幸與各位同在。

屋久悠樹

弱角友崎同學

特別短篇
「兩人的祕密」

這是去逛街的深實實和小玉。
來到咖啡店的小玉離開座位，
這時有位同班同學現身——？

送上描寫這兩人輕鬆日常的
特別短篇故事！

弱角友崎同學

特別短篇「兩人的祕密」～深實實 part～

＊原為 2017 年 6 月 第四集 TSUTAYA 特典

好的，我七海深奈實目前正來到大宮的咖啡廳約會。雖然說是約會，但對方當然是女孩子，其實就是固定班底小玉。我沒有男朋友，約會對象基本上都是像小玉或葵這類超級——可愛的女孩子。但這樣就好。葵美若天仙，光看就能保養眼睛，小玉人很小隻，總是拚盡全力，感覺超——可愛的，跟她說話就會變得很有精神。呵、呵、呵、呵，羨慕吧。

「——我說深深。妳有在聽嗎？」

坐在桌子對面的小玉跟我說話。剛才在雜貨小鋪買的手環立刻就戴上了，這樣好可愛。不過那個——問我有沒有在聽是什麼意思。糟糕，我沉浸在自己的世界裡，根本沒在聽。這下看了才發現小玉有點生氣，氣到臉頰都鼓起來了。怎麼辦，看起來好柔軟，好想摸。

「嘿。」

於是我就輸給慾望了，用指尖享受摸小玉臉頰的觸感。就算她生氣也不干我的事。好Q彈～這讓我有點驚訝，看起來明明那麼柔軟，沒想到膨脹起來的臉頰會讓皮膚有點緊繃，結果就沒有平常那麼軟了。太扯了！摸了才發現原來還有自己不懂的事情，七海深奈實又長一智了！

「嘿什麼嘿……妳這個笨蛋，沒什麼啦。我去上廁所。」

「咦！這樣好寂寞！討厭、妳別走！」

「別耍任性！」

就連我這樣挽留都視而不見，小玉去廁所了。唔——嗯，但是像這樣不能如自己所願反而讓人更有鬥志，那就是少女的特性吧。背影好小隻，看起來好可愛。

我一個人坐著，等剛才點的菜和小玉回來。這時有個人影靠近。

「啊，果然是深實實！」

「咦……啊！佳奈！」

是班上的朋友佳奈。我往她後方看去，發現不遠處的結帳櫃檯那邊也有好幾位友人，他們邊結帳邊對這邊揮手。好——我也要揮回去。哼哼。

「佳奈你們也出來玩啊？」

「嗯。接下來要去唱卡拉ＯＫ。深實實妳呢？」

「我跟小玉一起過來吃飯！現在小玉去廁所！」

「這樣啊？啊，那等妳們吃完，花火也一起來唱卡拉ＯＫ吧！」

「哦，不錯喔——」話說到一半，我開始猶豫。雖然我很喜歡去唱卡拉ＯＫ熱鬧，但小玉肯定不喜歡那樣。我想她不喜歡做那種事情。該說肯定很討厭。所以我接著說出這番話。

「——雖然這麼想，但我們接下來還要去其他地方！抱歉下次再去！」

緊接著佳奈就說了句「ＯＫ！」，去跟在結帳櫃檯那邊的人會合。小玉剛好在這個時候回來。

「喔！小玉好慢喔！去大便嗎!?」

「女孩子別說這種話……咦？大家都在。」

「對啊！剛才有小聊一下！聽說他們一起吃完東西就要去唱卡拉ＯＫ。」

「哦，是這樣啊？雖然有去過一次，但我不太喜歡卡拉ＯＫ呢。」

看看！我果然跟小玉心意相通！一邊得意洋洋地想著這些，我回答「看起來就不喜歡！」但我沒有刻意去提剛才拒絕對方的事情。畢竟那是我自作主張。這就是我深實實體貼人的美學！

跟小玉聊了一會兒後，我們兩個點的東西同時端上來。小玉點菇類燴飯，我點的是螃蟹奶油義大利麵。我開始享用眼前這盤義大利麵。這下糟了，裡面加了好多濃稠的奶油，看起來超好吃。看起來熱量也超高。吃了一口之後，我又更興奮了。

「糟糕！這個超好吃！」

「真的？」小玉說完就像在看小孩子一樣，臉上帶著笑容。是不是因為我太嗨呀。

「嗯這個超棒！下次來這邊再吃這個吧！」

這次小玉換上苦笑。但我不清楚她怎麼會有那種反應。當我目不轉睛地看著她一陣子，小玉就對我說「我這個也很好吃喔？」哦，這是在邀請我吧？

於是我就接著說「給我吃一口！」同時對小玉的盤子展開侵略行動，自作主張弄來吃。

「喂！我已經在吃了！」

「糟糕！這個也好好吃！再給我第二口！」

「像這樣試吃一般都是吃一口吧！」

一邊拿小玉警告我的正直模樣當配菜，我邊吃小玉的燴飯。好好吃。嗯嗯，跟大家一起度過的時光很開心，但這樣也不賴。

就這樣，我們開開心心吃完一餐。我摸摸肚子，邊跟小玉一起離開那家店。

「深深，接下來要去哪？」

「唔——嗯……」

我猶豫不決，稍微想了一下。

今天雖然像那樣拒絕大家的邀約，但若是有天小玉也可以跟我們一起熱鬧一下，那樣應該會更開心吧。既然如此，就當作在那之前的練習——或許可以這麼做。

「對了，我們兩個人一起去卡拉ＯＫ唱唱看！就嘗試兩個人一起去吧！」

「咦！」

只見小玉用有點訝異的表情看我。但是在我露出燦爛的笑容回看她之後，不知為何小玉就點點頭表示同意。

「唔——嗯……那就去一下下。」

「不愧是小玉！我們走！」

後來我們兩人就邁開步伐前往卡拉ＯＫ所在處。希望這樣能多少讓小玉習慣些。

七海深奈實今天也努力扮演大家跟小玉之間的溝通橋梁！

弱角友崎同學

特別短篇「兩人的祕密」～小玉 part～

＊原為 2017 年 6 月 第四集 Orion 書房特典

「因為這樣，就連媽媽都開始叫我小玉了——我說，深深。妳有在聽嗎？」

這裡是大宮的咖啡廳。

我對著坐在對面的深深說話，這才讓深深睜著錯愕的眼神看我，之後稍微僵了一會兒。光這樣我就懂了，她肯定沒聽進去。其實我說的事情也沒什麼大不了，所以沒關係，但深深這樣實在太隨便了，她八成在想要怎麼蒙混過去吧。

大概又想跟平常一樣，用半開玩笑的語氣說「抱歉小玉！再說一次！」靠這種方式換混過去吧。真是的。雖然她老是這樣，但我已經習慣了，再說我也覺得這樣不討厭。

想到一半，跟那些預想八竿子打不著邊的感觸襲上我的臉頰，還聽到一聲「嘿」。我轉眼一看發現是深深用超認真的表情伸出手指戳我的臉頰。

真是的。深深真是大笨蛋。

「嘿什麼嘿……妳這個笨蛋，沒什麼啦。我去上廁所。」

我邊說邊從座位上起身。其實我並沒有生氣，真的只是想去上廁所。剛才我們已經點好餐了，等我回來食物也送上，那就恰恰好。

「咦！這樣好寂寞！討厭、妳別走！」

「別耍任性！」

我閃身避開深深想要伸過來抓我衣襬的手，並前往廁所。聽到深深在呼喊「小玉～～～」我不禁背對著她露出苦笑。

我走過走道前往廁所。然後不經意看到掛在牆壁上的菜單照片。那張大大的照片上寫著「新上市推薦特餐」，剛才深深點的「螃蟹奶油義大利麵」就大大的印在上面。

「咦……這是。」

這時我發現一件事。那種義大利麵不只加了螃蟹，還放蝦子。深深討厭吃蝦子。她肯定沒有好好看照片，一時興起就點了。

「……真是的。」

真拿深深沒辦法。因為有那樣的疑慮，我出聲叫住待在附近的店員。

「剛才那一桌點了這道螃蟹奶油義大利麵，現在還來得及把蝦子拿掉嗎？」

「好的——現在就去確認一下～」

緊接著店員就快速前往廚房，過沒多久就回來了。

「好像可以更換！」

對方帶著滿臉笑容對應，讓我的心情大好。我輕輕一鞠躬。

「謝謝你。那就麻煩你了。」

接著我直接前往廁所，然後再回到座位上。只見深深帶著燦爛的笑容迎接我。

「喔！小玉好慢喔！去大便嗎!?」

「女孩子別說這種話！」

我原本就有猜到深深肯定會說些很白痴的話，早就做好心理準備了，沒想到她說出更白痴的話，讓我不禁感到傻眼。但我沒有特別去提自己這麼晚才回來是去確認能不能把蝦子從深深點的餐點中拿掉，畢竟那是我一人獨斷的行為。

此時我注意到了。就在結帳櫃檯前方，有好幾張熟悉的面孔。

「……咦？大家都在。」

「對啊！剛才有小聊一下！聽說他們一起吃完東西就要去唱卡拉ＯＫ。」

「哦，是這樣啊？雖然有去過一次，但我不太喜歡卡拉ＯＫ呢。」

我邊回想當時情況邊說了這句話。印象中只覺得我不太喜歡像那樣吵吵鬧鬧。跟一群人一起去的時候，搞不好裡面還有不太熟的人跟著。所以之後我就決定都不去唱卡拉ＯＫ。

等了一會兒後，店員把餐點端過來。我點的是菇類燴飯，深深的餐點則是螃蟹奶油義大利麵，但是沒加蝦子。等餐點一放到桌上，深深馬上吃起義大利麵。

「糟糕！這個超好吃！」

「真的？」

深深開始埋頭大口大口地吃著。這讓我覺得有趣，在一旁偷笑。還好沒有加蝦子。

「嗯這個超棒！下次來這邊再吃這個吧！」

既然深深這麼說，那下次來也要我出馬偷偷把蝦子拿掉才行，我邊想邊苦笑。然後像要掩飾這一切，我的目光落到菇類燴飯上。

「我這個也很好吃喔？」

我的話一說完，深深就神速地說了一句「也給我吃一口！」下一秒燴飯就跑到深深嘴裡了。深深也真是的。

結果大概四分之一都被深深吃掉了，但她也給我吃義大利麵當作補償，我跟深深就這樣把飯吃完。我們兩個一起離開店面，呼吸外頭的空氣。

「深深，接下來要去哪？」

這讓深深看似猶豫地「唔──嗯」一聲，她盤起雙手思考一會兒，並看著我。

「對了，我們兩個人一起去卡拉ＯＫ唱唱看！就嘗試兩個人一起去吧！」

這句話讓我感到吃驚，但我在想其實深深也想跟大家一起去唱卡拉ＯＫ吧。再說上次去雖然不太適應，但若是跟深深一起──

「唔──嗯……那就去一下下。」

「不愧是小玉！我們走！」

深深說完就露出笑容，看她笑成那樣似乎真的很開心，連帶的我也跟著高興起來。

既然有這個機會，那我也試著開心融入吧。

fin.

弱角友崎同學

浮文字
弱角友崎同學 Lv. 5
（原名：弱キャラ友崎くん Lv. 5）
作　者／屋久悠樹　插　畫／Fly　譯　者／楊佳慧
發行人／黃鎮隆　副總經理／陳君平
副　理／洪琇菁　國際版權／黃令歡
執行編輯／楊國治　美術主編／陳聖義
內頁排版／謝青秀　企劃宣傳／邱小祐、劉宜蓉
出　版／城邦文化事業股份有限公司 尖端出版
台北市中山區民生東路二段一四一號十樓
電話：（〇二）二五〇〇—七六〇〇
傳真：（〇二）二五〇〇—二六八三
E-mail：7novels@mail2.spp.com.tw
發　行／英屬蓋曼群島商家庭傳媒股份有限公司城邦分公司　尖端出版
台北市中山區民生東路二段一四一號十樓
電話：（〇二）二五〇〇—七六〇〇（代表號）
傳真：（〇二）二五〇〇—一九七九
中彰投以北經銷／楨彥有限公司（含宜花東）
電話：（〇二）八九一九—三三六九
傳真：（〇二）八九一四—五五二四
雲嘉經銷／智豐圖書有限公司　嘉義公司
電話：（〇五）二三三—三八五二
傳真：（〇五）二三三—三八六三
客服專線：〇八〇〇—〇二八—〇二八
南部經銷／智豐圖書有限公司　高雄公司
電話：（〇七）三七三—〇〇七九
傳真：（〇七）三七三—〇〇八七
一代匯集／香港九龍旺角塘尾道六十四號龍駒企業大廈十樓B&D室
電話：（八五二）二七八三—八一〇二
傳真：（八五二）二五八二—一五二九
E-mail：hkcite@biznetvigator.com
新馬經銷／城邦（馬新）出版集團Cite（M）Sdn. Bhd.
E-mail：cite@cite.com.my
法律顧問／王子文律師　元禾法律事務所
台北市羅斯福路三段三十七號十五樓
二〇一九年二月一版一刷
二〇二一年三月一版四刷

日本小学館正式授權繁體中文版

■中文版■

郵購注意事項：
1.填妥劃撥單資料：帳號：50003021戶名：英屬蓋曼群島商家庭傳媒(股)公司城邦分公司。2.通信欄內註明訂購書名與冊數。3.劃撥金額低於500元，請加附掛號郵資50元。如劃撥日起 10～14日，仍未收到書時，請洽劃撥組。劃撥專線TEL：(03)312-4212 ・ FAX：(03)322-4621。E-mail：marketing@spp.com.tw

國家圖書館出版品預行編目資料

弱角友崎同學 / 屋久悠樹作 ; 楊佳慧譯. -- 1
版. -- [臺北市] : 尖端出版 : 家庭傳媒城邦分
公司發行, 2019.02-
冊 ; 公分
譯自 : 弱キャラ友崎くん
ISBN 978-957-10-8463-3(第5冊 : 平裝)

861.57 107008290